당신이 숲으로 와준다면

당신이 숲으로 와준다면

김용규 지음

ㄱ 책

"여름 꽃의 운명처럼 살고 있는
나와 당신에게"

숲으로 떠나온 지 어느새 10년. 그 10년의 삶은 한마디로 '위험을 추구한 삶'이었습니다. 순수한 내 열망을 따라 이 숲으로 왔지만, 오늘날 세상에서 순수한 열망을 따르는 일은 위험을 추구하는 것과도 같았습니다. 세상을 점령한 보통의 기준을 따르지 않고 살아보려는 시도가 이미 온갖 위협에 노출되는 위험이기 때문입니다. 위협은 도처에 있었습니다. 가깝게는 한 번도 끼니때를 잊지 않는 나와 내 가족들의 정직한 위장이 위협이었고, 멀게는 보통에서 벗어나는 것을 받아들이지 못하는 동일성의 시선 역시 위협이었습니다. 무엇보다 치명적이었던 위협은 오직 자신의 욕망을 채우기 위해 타자를 약탈하면서도 일말의 자각도 없이 스스로를 속이는 인간들의 역겨운 냄새가 숲의 턱밑까지 점점 확산되는 것이었습니다.

위협과 마주하고 위험을 추구하는 삶을 산 세월이 어느새 10년, 그간 숲과 더불어 살기 위해 산중에 오두막 '백오산방(白烏山房)'을 짓고, 숲 바닥 사정에 맞는 명이나물 농사를 하고, 사람을 향해 숲학교 '오래된미래'를 열고, 전국을 떠돌며 숲과 인문을 강연하며 살았습니다. 내 안에서 터져 나오는 것들을 따르고 살아온 10년의 시간

동안, 내게는 아무것도 보장된 것이 없었습니다. 그래서 지난 10년 은 무의식 속 '불안'과의 동거이기도 했습니다. 이제 와 나는 스스로에게 묻습니다. "이처럼 무엇 하나 보장된 것 없는 미래를 '괜찮다, 괜찮다!' 기꺼이 다독이며 살아왔고 또 살아가는 까닭이 내게 있을까? 자연과 세상 안에서 한없이 나약한 존재인 내가 세상의 기준에 점령당하지 않으려 어떻게든 몸부림하는 것은 도대체 무엇을 위한 것이었을까?"

그러나 나는 그 답을 확실히 알지는 못합니다. 다만 지난 10년 동안 나는 들리지 않는 소리를 듣고, 보이지 않는 것을 보고, 감각되지 않는 향기를 맡으려는 열망을 놓치지 않고 살았습니다. 숲에 살며 숱하게 외롭고 서럽고, 때로 노여운 날들도 있었지만 나는 떠나오기 전의 시간들보다 훨씬 잘 놀며 지내려 했습니다. 숲에 머물 때면 늘 숲의 숨결과 노래를 들으려 했습니다. 생명과 영혼의 소리를 들으며 살고 숲과 나 사이, 경계가 허물어져 하나로 연결되는 지점에 머물고자 했습니다. 근대를 통해 오염된 육신이나 정신으로는 획득할 수 없는 지점, 도구화된 이성만을 신봉하는 분석과 해석만으로는 도저히 알아챌 수 없는 지점! 숲과 자연이 품은 그 비밀스러운 지점에 자주 머물 수 있다는 사실이 가장 큰 기쁨이었습니다.

또 나는 지난 10년간, 숲의 내밀한 모습과 길을 세상에 드러내 보여주고 전하려는 노력을 이어왔습니다. 외부에서 요청을 받아 강연을 하러 길을 나설 때면 여행을 떠나듯 기쁘게 걸음을 떼었고, 강연에서 만난 사람들로 하여금 숲이 품고 내뱉는 숨결과 노래에 젖어들게 하는 데 대부분 성공했습니다.

숲으로 스며든 내 10년의 세월은 아마도, 세상과 숲의 경계에서 해마다 피고 지는 여름날의 꽃처럼 살아낸 시간이었나 봅니다.

여름 꽃 피어나는 숲의 시간에는 녹음(綠陰)이 가득합니다. 그 녹음은 살아 있는 모든 욕망들이 폭발하듯 터져 나오며 암록(暗綠)의 빛깔을 만들죠. 어느 풀과 나무도 자신의 꽃을 드러내는 것이 여의치 않은 치열한 경쟁의 시간, 뙤약볕과 세찬 비가 번갈아 쏟아지고 때로 거센 바람에 숲 전체가 뒤흔들리기도 하는 위험한 시간. 이 녹음의 시간에 피어나는 모든 꽃은 그래서 저마다 고유하고 특별한 모습으로 자신을 피우고 드러내며 살아가야 합니다. 나리처럼 특별한 빛깔을, 누리장나무처럼 특별한 향기를, 박쥐나무나 산수국처럼 특별한 모양을 갖고 피어나야 합니다. 무서우리만치 거대한 암녹색이 온 숲을 뒤덮어도 결코 그 암록의 물결에 묻히지 않는 여름 꽃의 삶은 그래서 눈물겹습니다.

그렇게 힘겹게 자신을 지키고 피어난 꽃들은 동시에 타자의 삶으로 연결되기도 합니다. 여름 꽃은 무수한 벌과 나비, 온갖 벌레들의 삶을 일으켜 세웁니다. 누군가에게 꽃밥을 나누고 누군가에게는 꿀을 나누며 다른 누군가에게는 비바람을 지우는 처마가 되어주며 말입니다.

내가 숲에서 살아온 시간 역시 여름 꽃의 시간과 같았다고 생각합니다. 자신의 열망을 따라 꽃을 피우지만 암록의 세상과 맺는 관계 때문에 한층 더 붉은 빛깔로 피어야 하는 꽃. 나비를 만나야 더 넓은 세상으로 퍼져나갈 기회를 얻는 꽃. 자신을 지킴으로써 타자의 삶을 일으키려 애쓰는 꽃.

『당신이 숲으로 와준다면』은 위험을 추구하면서도 열망을 따라 숲으로 스며든 한 송이 여름 꽃의 운명을 가진 나의 고백 같은 편지를 추

려서 다시 쓰고 모은 책입니다. 치열한 녹음 속에 머물면서도 피어
나기를 포기하지 않았던, 그리하여 마침내 제 꽃으로 누군가의 삶에
연결되며 살아보려 한 나의 쑥스러운 기록이요 성찰입니다. 숲으로
삶을 옮기면서 매주 목요일마다 10년 동안 거르지 않고 써온 이 글
들이 바로 그 성찰의 기록입니다.

숲에 오두막을 짓고 살며, 인가받지 않은 작은 숲학교를 열고, 이따
금 글을 쓰고 먼 길 오가며 강의하며, 게으르게 농사하며 살아온 내
삶과 사유를 이 책에 담았습니다. 숲에서 보낸 10년의 시간 중 주로
후반부 5년에 얻게 된 숲의 가르침, 그리고 삶을 이루며 마주하게 된
빛과 그림자, 그 성찰과 인연의 기록을 몇 개의 주제로 간추려 매만
졌습니다. 그 기록 안에는 숲의 가르침이 있고, 지나온 일상이 있고
내가 마주한 사람이 있습니다. 나를 찾아왔던 기쁨과 쓸쓸함, 희망
과 좌절, 상처와 분노도 있습니다. 그것을 마주하며 터득한 소박한
지혜가 담겨 있습니다.

나는 이 책이 여름 꽃처럼 피어나야 하는 당신에게 찾아드는 나비
와 같기를 바랍니다. 이 책을 통해 당신이 숲이 빚어내는 삶의 모습

과 놀라운 가르침 속으로 잠시나마 젖어들기를 바랍니다. 10년간 추구하고 기록해온 한 사람의 열망과 위험, 번민과 좌절, 그리고 또 희망인 삶을 마주하기를 바랍니다. 그리하여 열망과 지향을 따라 사는 당신의 위험한 삶에 작은 힌트 하나라도 전할 수 있기를, 그 과정에서 어쩔 수 없이 마주하게 되는 위험과 불안, 혼란과 좌절의 그림자를 능동적으로 품고 다루는 지혜 몇 가지 얻을 수 있기를 감히 기대합니다.

내게 빛이거나 그림자로 다가온 모든 세월과 인연에 감사하며
2016년 식목일

김용규

차례

삶에 던지는 질문들

숲으로 스며든 삶

사람을 키우는 숲

숲을 닮은 사람들

삶에 답하는 숲

삶에 던지는 질문들

참 좋은 날은
어떤 날입니까

그렇고 그러한 일주일을 보냈습니다. 보통 온돌에 배를 깔고 누워 깊고 맛있는 책을 조금 읽다가 배고파오면 밥을 먹었습니다. 현미에 기장, 검은 쌀과 붉은 팥을 더하여 밥을 짓고, 신 김치와 두부 단정하게 썰어 넣어 보글보글 김치찌개를 끓여 함께 먹었습니다. 어떤 날에는 찌개 메뉴를 된장찌개나 들깨순두부찌개로 바꾸기도 하고, 마른 김을 구워 달래를 넣은 간장에 찍어 먹는 날도 있었습니다. 배불러지면 조금 걷거나 지게를 지고 숲으로 들어갔습니다. 지난 눈에 부러진 길고 푸른 소나무 가지를 발견하곤 안타까운 마음은 소나무에게 남겨두고, 실어 내려다가 불쏘시개용으로 다듬기도 했습니다. 어떤 날은 느티나무 삭정이를 주워서 가지런한 크기의 불쏘시개로 다듬어두기도 했습니다. 이삼 일에 한 번씩은 땀이 날 때까지 장작을 패서 쌓아놓은 뒤 다시 방으로 들어와 읽다 만 책을 읽었습니다.

이윽고 산 그림자가 화선지 위 먹물처럼 마을을 향해 번져올 즈음 다시 뒤란에 나가 아궁이에 불을 지폈습니다. 멀찍이 놓은 참나무 동가리에 앉아 뜨거워지는 아궁이를 지키며, 모락모락

연통에서 빠져나와 별빛 생겨나는 하늘로 흩어져 가는 하얀 연기를 하염없이 보았습니다. 이즈음이면 작은 새들의 소리는 사라지고 멀리 부엉이 소리가 들려옵니다. 또 고라니인지 멧돼지인지 모를 짐승들이 부지런히 움직이는 소리가 짧게 일어섭니다. 그중 가장 정겨운 것은 어둠 속에서 부엉이 우는 소리가 하루도 거르지 않고 들려온다는 사실입니다. 이상하리만치 푸근한 날이 계속되어 바람마저 평화로웠고, 해서 더없이 좋은 저녁 정취를 누리는 몇 날을 만났습니다.

그러한 날 중 두어 번은 오두막을 벗어나 길을 나섰습니다. 방학을 맞은 선생님들에게 강의를 하거나 기업에서 요청한 강의 자리에 서기 위해서였습니다. 나갈 때마다 푸른 채소나 두부, 혹은 귤이나 빵 몇 조각을 장만해서 들어왔습니다. 이따금 전화를 받기도 했습니다. 책 작업은 하고 있는지 조심스레 채근하는 출판사의 전화도 있었고, 딸 녀석의 안부 전화도 있었습니다. 등기우편이나 택배를 아래 주차장에 두고 간다는 전화 외에도 하루 두어 통씩 이런저런 전화가 걸려왔는데, 모두 짧아서 좋았습니다. 오두막을 찾아온 손님도 두세 팀 있었습니다. 전기 사용량을 검침하기 위해서 온 분도 있었고, 올해 '여우숲'에서 무언가 함께 프로그램을 해볼 수 있을까 살피러 온 팀, 혹은 함께 할 프로그램을 논의하러 온 팀 정도였습니다.

숙제처럼 안고 있는 생각이 없는 것은 아니지만 나는 그 생각에

끌려가지 않고 그저 그렇고 그러한 일주일을 보냈습니다. 지게를 지거나 목적 없이 숲을 거닐 때마다 생각했습니다. '내게는 이런 날들이 참 좋은 날들이구나. 바깥으로 향하는 시간이 많은 날보다 안으로 향하는 시간이 많은 날. 밖으로 말을 내뱉는 날보다 자연과 생명, 시간의 소리로부터 무언가 들을 수 있는 날. 내 사유를 반복해서 재생하는 날보다 다른 누군가의 깊이 있는 사유를 찬찬히 음미할 수 있는 날. 특별한 것을 마주하기를 기대하는 날보다 그저 그렇고 그러한 하루를 담담히 맞이하고 보내는 날…… 이런 날들이야말로 내게는 참 좋은 날들이구나.'

그대 일상에도 참 좋은 날들 있지요? 그대에게 참 좋은 날은 어떤 날인지요? 오늘 다시 한 번 그려보면 어떨까요? 참 좋은 날에 대해! 그리고 다시 맞이하는 하루, 그대는 그곳에서 나는 이곳에서 우리 그렇게 참 좋은 날 더 자주 마주할 수 있기 바랍니다.

그 삶은 언제
살아보려 합니까

요 몇 년 새, 귀촌을 희망하는 사람들이 확실히 많아졌습니다.
통계를 보아도 그렇고, 내게 귀촌에 관련한 강의를 청탁해오는
기관들이 부쩍 늘고 있는 것을 볼 때도 귀촌 열망이 꽤 커졌음
을 짐작할 수 있습니다. 무엇보다 여우숲으로 찾아와 그런 속내
를 털어놓는 사람들도 부쩍 많아졌습니다. 최근 일주일 사이에
는 여우숲에서 그런 방문객을 두 쌍이나 만났습니다.

　각각 다른 날 여우숲을 찾아온 두 쌍의 부부가 가진 공통점은
남편의 은퇴 이후 생활을 함께 고민하는 여행을 하고 있는 부
부라는 점이었습니다. 한 부부에는 몇 년 내에 기업을 떠나야
하는 직장인 남편, 다른 한 부부에는 몇 개월 내에 정년을 맞아
조직을 떠나기로 예정된 남편이 있었습니다. 이렇게 함께 모색
하고 여행을 할 수 있는 부부라서 꽤 다행한 일이다 생각했습
니다. 노년을 앞둔 부부가 고민을 함께 나누지 못하는 모습을
아주 많이 보았으니까요.

두 쌍의 부부 중, 내 생각을 보다 깊게 전할 수 있었던 부부는
수개월 내에 공직에서 은퇴할 예정인 남편을 앞세워 찾아온 쌍

이었습니다. 남편은 평소 나와 친분이 깊은 분이었습니다. 나는 그분에게 늘 성실한 삶과 책임감을 배우려 했고 함께 공부도 해왔습니다. 사실 그분은 이미 몇 년 전부터 정년퇴직 이후를 위한 필살기를 연마하여 장착하고 계셨던 분입니다. 그분의 필살기 영역은 바로 '숲'. 숲과 관련한 자격증을 이미 갖추었고 최근에 더 유망한 자격을 얻을 수 있는 시험에도 합격한 상태였습니다.

그분이 내게 말했습니다. "이제 정말 떠납니다. 곧 떠납니다." 그 짧은 문장이 당신 입을 떠나 내 귀로 오는 사이 그분의 눈동자에는 말로는 표현하기 애매한, 미묘한 감정이 아주 짧게 스쳤습니다. 선험은 강렬한 것, 나는 내가 조직과 서울을 떠나기로 작정하고 그 최종 시한을 정한 날의 오래된, 그러나 생생한 감정 속으로 획 돌아갔다가 다시 되돌아왔습니다. 그분은 필살기로 준비해온 영역에 펼쳐진 몇 가지 기회를 언급한 뒤 문득이 말했습니다. "어느 것을 선택해서 다시 시작해야 할지 복잡해서 찾아왔습니다. 편안한 '여우숲'에 앉아 생각을 정리해보려고요."

우리는 제법 긴 시간 이야기를 나누었습니다. 긴 이야기 속에 담은 나의 조언은 조심스러웠지만 간략했습니다. "아무것도 시작하지 않는 것을 택하면 어떨까요? 멈춰보는 것이지요. 다행히 연금을 받으실 수 있으니까, 놀아보는 겁니다. 수십 년간 조직과 세상으로부터 요구받은 삶, 남편과 아버지로서 요구받았던 가장으로서의 생활로부터 잠시 벗어나보는 겁니다. 여행을

떠나거나 홀로 영화를 보거나 미술관을 가거나 음악을 듣거나 하릴없이 빈둥대보는 시간, 그 의도된 공백을 그대로 두어보는 겁니다. 이런저런 직함으로 불리던 내 정체성이 어떻게 허물어지는지, 아무도 일로 나를 찾지 않는 시간이 어떤 느낌을 주는지, 아침이면 당연히 집을 벗어났다가 밤에 들어와야 하는 가장의 모습을 허물면 어떤 상황과 감정을 마주하게 되는지 처절하게 느껴보는 겁니다. 담담하게 마주해보는 겁니다. 현대를 사는 직장인들이라면 언젠가는 모두 그 순간을 마주해야 하니까 이 기회에 작정하고 만나보는 것이지요. 더는 세상에 접속하는 타이틀을 가질 수 없을 만큼 노쇠해질 때 우리 모두는 그렇게 벌거벗은 나와 대면하게 돼 있으니까요."

나의 말은 이렇게 이어졌습니다. "아마도 그 경험은 너무도 생경하고 당황스럽고 아프기까지 할 거예요. 하지만 제대로만 마주한다면 참으로 소중한 일일 것입니다. 왜냐하면 스스로 주도해 '본래의 나'를 만나는 거의 최초의 의도된 시간일 테니까요. 이 시간 동안 가능한 한 끝까지 가보기를 권합니다. 사회적인 역할을 위해 썼던 가면을 벗는다는 두려움, 혹은 왜소함, 불안감 따위의 느낌을 피하지 말고 직시해보세요. 그 끝과 제대로 마주한다면 화려한 덧칠로 가득했으나 결코 그 옷의 주인은 아니었던 나를 만나고 위로할 수 있을 것입니다. 운이 좋다면 그런 나를 떠나보낼 힘도 솟아오를 것입니다. 마침내 '내 삶의 주인이 나인 삶'을 향하는 옷을 찾아 걸치게 될 것입니다. 아니 어쩌면 그런 옷 따위는 필요 없다며 스스로 닫아걸었던 문을 박차

듯 열고 벌거벗은 채로 나서게 될 수도 있을 겁니다."

이야기가 계속되었고 어느새 산 그림자가 길어졌습니다. 이즈음은 숲이 바람의 방향을 바꾸는 시간입니다. 이내 서늘한 바람이 어김없이 불기 시작했습니다. 우리는 서로 고마운 마음을 나누며 숲길을 조금 걸었고 따뜻하게 헤어졌습니다. 나는 조금 더 홀로 숲에 앉아 그림자가 짙어지는 시간을 누렸습니다. 꿩이 내뱉는 두어 마디 소리가 요란하게 퍼질 때 내 입에서 이런 말이 툭 흘러나왔습니다. "그 삶은 언제 살아보려 합니까. 오직 내가 내 삶의 주인인 그 삶은 언제?" 이 말에 귀 기울여줄 대상도 없는, 그저 나무와 가을 풀꽃 가득한 숲 속으로 내 혼잣말이 흩어지더니 영영 돌아오지 않았습니다. 숲에는 퍼뜩 날이 저물고 새소리만 깊어졌습니다.

"

아무것도 시작하지 않는 것을
택하면 어떨까요?
멈춰보는 것이지요.
의도된 공백을 그대로
두어보는 겁니다.

"

밥은
제대로
먹고 사는지요

"밥은 제대로 먹고 다니능겨? 어째 얼굴이 그렇게 축난겨? 핼쑥하네."

고등학교 때부터 지금까지 객지 생활을 하고 있는 내가 어머니를 뵈러 갈 때마다 당신은 항상 이렇게 물으셨습니다. 여든 살의 어머니는 쉰 살의 내게 여전히 "밥은 제대로 먹고 다니능겨?"라고 물으십니다.

한데 모든 자식은 부모가 되어봐야 부모 마음에 이를 수 있나 봅니다. 자식으로 살던 나도 자식을 갖고 아버지가 되어 그 자식이 자라는 것을 보며 알게 되었습니다. '어머니가 늘 하시는 저 염려가 그저 습관적인 말이거나 빈 인사가 아니었구나.'

봄이 오면 고등학생이 되어 기숙사 생활을 시작할 딸과 조금이라도 눈을 더 맞춰두고 싶어서 이 겨울에는 비교적 자주 아내가 살고 있는 집을 찾아가 머물고 있습니다. 혼자 밥 먹는 생활에 익숙한 나는 함께 둘러앉아 '따순' 밥을 먹는 느낌이 좀 각별한 편입니다. 특히 딸 녀석이 그 작은 입으로 연신 수저를 퍼 나르는 모습을 보는 것, 그리고 녀석과 이런저런 밀린 이야기를 나누는 것이 참 좋습니다. 이제는 노쇠한 나의 부모님도 내가 당신들 품 안에 머물고 있었던 그때, 밥상머리에서 딱 이 마음이었겠구나 생각하며 딸 녀석을 대합니다.

그런데 오늘 아침 밥상에서 나는 뜬금없이 딸에게 물었습니다. "딸, 요새 밥은 제대로 먹고 있능겨?" 딸 녀석은 어리둥절해하며 나를 가만히 바라보았습니다. 나도 물끄러미 녀석을 바라보며 딸의 평소 모습을 떠올렸습니다. 늘 느낀 것이지만 녀석은 참 밥을 빨리 먹습니다. 나는 아직 절반도 밥을 먹지 않은 상태인데 녀석은 벌써 수저를 내려놓습니다. 딸의 밥그릇을 살펴보니 그새 말끔히 비워져 있습니다.

　딸에게 다시 이렇게 물었습니다. "아, 내가 밥을 먹고 있구나, 알아채며 밥을 먹고 있느냐는 뜻이다. 무슨 뜻인지 알겠니?" 녀석이 그 뜻이 무엇인지 알겠다고 대답을 합니다만 내가 다시 부연합니다. "입으로 들어오는 밥 한 숟가락의 따스함, 엄마가 익혀준 생선 한 조각의 부드러움, 물 한 모금의 청량함……. 뭐 그런 것들이 입 안으로 찾아오는 기쁨을 누리며 밥을 먹고 있느냐는 뜻이야." 녀석이 대답합니다. "맞아, 내가 밥을 너무 빨리 먹어. 좀 천천히 먹으면서 식사를 음미할 수 있어야 하는데. 근데, 아빠! 학교에서 급식을 먹다보면 그러기가 쉽지가 않아. '후다닥'이 일반적이지. 하하."

만날 때마다 "밥은 제대로 먹고 다니능겨?"라고 묻는 어머니의 안부는 객지에서 살고 있는 자식 놈이 배는 안 곯고 다니는

가 하는 염려였음을 나는 압니다. 시대가 바뀌어 쌀이 남아도
는 세상이니 이제 웬만해서는 끼니가 없어 배를 곯으며 살지는
않습니다. 인스턴트식품도 많아졌고 길거리에서 간편하게 먹
을 수 있는 패스트푸드들도 널렸으니까요. 어머니도 그 사실을
모르실 리 없지만, 어머니의 걱정은 무언가에 쫓기고 서두르느
라 자식 놈이 밥을 제대로 챙겨 먹지 못하는 나날을 살고 있는
것은 아니냐는 뜻을 담은 말씀일 것입니다. 언젠가부터 나 역
시 딸 녀석을 포함해 나와 겸상하는 가까운 사람들에게 짬짬이
묻게 되었습니다. "밥은 제대로 먹고 사능겨?"

나다운 삶을 살기로 결심하고부터 나는 밥과 관련한 원칙 하나
를 고수하며 살고 있습니다. 나는 일하기 위해 밥을 먹지 않습
니다. 차라리 밥을 먹기 위해 일하는 편이라고 해야 옳습니다.
그래서 내게는 밥을 먹는 시간이 참 소중합니다. 밥을 먹는 시
간에 온전히 밥과 대면하는 습관이 생겼습니다. 입 안으로 떠
넣는 밥과 모든 반찬을 느릿느릿 음미하면서 밥 먹는 시간이 얼
마나 고맙고 귀한 순간인지 늘 자각하며 대하고 있습니다. 산책
을 할 때 땅과 바람과 하늘과 다가서는 풍경을 온전히 마주하고
누리듯, 밥도 그렇게 누리고 있습니다.
  하지만 딸 녀석의 말처럼 이 나라의 많은 아들과 딸들이 밥
을 제대로 먹기보다 입 안으로 퍼붓고 있습니다. 어른들도 크
게 다르지 않은 것 같습니다. 직장을 다니거나 자기 일을 하는
대다수 주변 사람들을 보면 밥을 누리기보다 밥 먹는 시간을 일

할 에너지를 보충하는 시간으로 삼고 있습니다. 그런데 잘 생각해보면 이것이 얼마나 우리 삶의 왜곡된 한 단면을 보여주는 것인지 알게 됩니다. 어린아이들은 밥을 어떻게 먹던가요? 허겁지겁 퍼 넣지 않습니다. 아주 느릿느릿 먹지요. 맛이 없는 것을 참으며 먹던가요? 아닙니다. 맛이 없으면 뱉어내기도 합니다. 그게 밥을 대하는 본래 모습, 밥을 대하는 자연스러움일 것입니다. 그런데 커갈수록 사람들은 밥을 공부하거나 일하는 데 필요한 에너지로 치환하며 후다닥 배를 채우기 시작합니다.

이것을 비극입니다. 목적의 자리에 있어야 할 것들을 수단의 자리에 배치해놓고 헛된 목적을 좇느라 삶의 귀중한 것들을 허비하는 인생처럼 비극적인 삶은 없습니다. 존귀한 밥을 섭취해야 할 에너지로 뒤바꾸는 일상에 익숙해지는 것은, 자칫 행복과 돈의 자리를 뒤바꾸는 것으로 이어지기 쉽습니다. 또 지혜와 지식의 자리를 뒤바꾸고, 사랑과 집착의 자리를 뒤바꿀 수도 있습니다. 그런 하루하루의 삶을 용인하면 무수한 목적을 수단의 자리로 추락시켜놓은 삶을 살다가 떠나기 쉽습니다.

나는 밥 먹는 시간을 '잘' 대하고자 합니다. 밥 먹고 숨 쉬고 잠자는 것과 같은 일상을 단지 수단이 아닌 삶의 귀한 목적으로서 대할 때, 내가 귀히 여기는 다른 영역도 제자리를 찾는 충만함의 확장을 경험할 수 있습니다. 그러니 가장 일상적이고 손쉬운 일, 밥을 대하는 자세부터 진심을 다해야 합니다.

그대는 어떤지요? "밥은 제대로 먹고 사는지요?"

만났습니까

내 삶의 몇 갈래 길 중 한 길은 연구자의 길입니다. 나는 숲을 참구하여 숲의 가르침을 듣고 그 가르침을 통해 인간의 길, 삶을 길을 물어 왔습니다. 숲을 들여다보기 시작한 것이 2005년쯤부터이니 어느새 그 시간이 십 년을 가득 넘겼습니다. 그러다 보니 책도 몇 권 쓰게 되었고 자연스레 다양한 자리에 초대받아 강연도 하는 삶을 살고 있습니다.

어느 봄날 나는 한국숲유치원협회가 매년 주최하는 '숲유치원 국제 세미나'에 초대받아 강연을 했습니다. '숲유치원'이란 '숲이 아이들의 교사가 되게 하자'는 자연교육 철학을 지향하여 아이들이 숲에서 마음껏 놀고 배우고 자랄 수 있도록 다양한 프로그램을 모색하고 실천하는 유치원이나 어린이집 등을 말합니다. 그날 세미나에서는 독일의 전문가가 자국의 숲유치원 교육철학과 프로그램, 운영 방식 등을 먼저 발표했습니다. 뒤이어 내가 '숲을 마주하는 특별한 눈, 가슴'을 주제로 강연을 했습니다. 청중의 대다수는 숲유치원에 관심이 지대한 유치원과 어린이집의 원장 및 선생님들이었기에 나는 '숲을 가슴으로 느

낄 수 있어야 그것이 대안교육이 될 수 있다'고 역설하며 선생
님들이 숲을 만나는 진정한 눈, 즉 마음의 눈을 뜰 수 있도록 돕
기 위해 노력했습니다.

이후 스위스와 일본의 전문가들이 발표를 이었고, 우리나라
에서 이미 숲유치원을 운영하고 있는 유치원 원장이나 교육자
들의 사례와 경험도 공유되었습니다. 강의를 마친 나 역시 다
른 참가자들의 발표를 들었습니다. 독일을 비롯한 유럽 국가에
는 이미 오래전부터 숲유치원이 활성화되어 있다는 것을 이래
저래 알고 있었지만, 어떤 프로그램이 어떤 방식으로 진행되는
지를 따로 상세히 공부해본 적은 없었기에 당연히 내게도 소중
한 시간이 되었습니다. 특히 스위스 숲유치원에서 교사로 일하
는 초대 강사의 발표에 푹 빠졌습니다. 그녀 역시 앞선 나의 강
연을 가슴으로 깊게 들었다고 말했습니다. 그녀는 숲이 단순히
학습의 대상으로 체험되는 것을 경계해야 한다고 주장했습니
다. 또 소통은 언어가 달라도 할 수 있는 것이라며, 열려 있는
존재들은 비언어적 방식으로도 얼마든지 서로 깊게 교감할 수
있다고 이야기했습니다. 이런 맥락 속에서 무엇보다 아이들이
숲과 깊게 만날 수 있도록 돕는 것이 숲유치원 선생님들의 역
할이어야 한다고 강조했습니다.

발표 말미에는 그녀가 찍어 온 스위스 숲유치원 아이들의 동
영상을 보았습니다. 가파른 산비탈에 줄을 메고 숲을 거슬러
오르는 아이들, 낙엽과 땔감을 모아서 누구의 통제도 받지 않
고 스스로 불을 지피고 관리하는 아이들, 덩굴을 이용해 타잔

처럼 줄을 타며 모험을 즐기는 아이들……. 특이한 것은 어떤 활동에서도 선생님의 모습이 보이지 않았다는 점이었습니다.

그런데 그 모습들이 내게는 전혀 낯설지 않았습니다. 어릴 때 산과 들과 물가에서 행했던 온갖 놀이와 경험들을 꼭 닮아 있었기 때문이었습니다. 어린 시절 일상의 대부분은 선생님도, 부모님도 없이 기획되고 채워졌습니다. 대부분은 또래들끼리, 이따금은 동네 형이나 동생들과 함께 자발적으로 놀이집단을 이루어 뒤엉켜 하루를 보냈습니다. 돌이켜보면 그때 우리가 보낸 하루하루는 '재미'를 신처럼 숭배했습니다. 또한 그 시간은 스스로 감행했던 온갖 모험으로 가득했고, 두려움과 기쁨으로 채워져 있었습니다.

그녀는 강조했습니다. "흙을 가지고 스스로 노는 과정에서 아이들은 단순히 흙을 체험하는 것이 아니다. 그것은 아이가 흙과 관계를 맺는 것이고, 스스로 그 흙과 만나는 것이다. 아이들은 모험을 즐기고 두려움을 만난다. 그리고 그 과정에서 두려움을 다루는 방법을 저절로 터득하게 된다." 모든 과정에서 그녀는 학습이 아닌 '만남'을 강조했습니다. 깊은 만남이 중요하다고 말이죠.

그녀의 주장에 깊이 공감했습니다. 나는 만사가 그렇다고 느끼고 있습니다. 지식을 쌓는 일보다 깊은 지혜를 만나는 일이 중요하다는 것. 삶도 그렇습니다. 삶에 관한 지식이 모자라 좋은 삶을 이루지 못하는 것은 아닐 것입니다. 경영학 지식이 많은 사람이 꼭 기업과 조직을 잘 경영하는 것은 아닌 것과 같은 이치입니다. 사랑에 관한 지식으로 무장한 사람이라고 해서 그이가 꼭 깊은 사랑을 이루어낼 수 있지는 않은 것처럼 말입니다.

다른 영역도 그러합니다. 이 시대 우리의 공부는 더 많은 지식을 가져보자고 애쓰는 데 경도되어 있지만, 사실 좋은 삶을 이루는 데 있어 지식보다 더 중요한 것은 그 너머에 있는 지혜의 경지와 만나는 것입니다. 정치도 예외는 아닙니다. 정치를 알고 있는 사람이 모자란 것이 아니라, 오히려 정치로 어루만져야 할 대상들의 아픔과 염원을 자신의 그것으로 만나줄 정치인이 귀한 것입니다.

숲을 대하는 것 역시 마찬가지입니다. 숲에 관한 지식을 태산처럼 쌓는다고 그가 반드시 숲을 잘 느끼는 것은 아닙니다. 숲을 이루는 무수한 생명들과 내 삶이 하나로 연결되는 경지를 만나야 진정 숲과 하나가 될 수 있습니다. 그것은 머리만으로 만날 수 있는 경지가 아닙니다. 오히려 다른 생명들을 대등하게 온전히 만날 수 있는 눈, 즉 가슴으로 타자를 마주할 수 있을 때 펼쳐지는 경지입니다. 국제 세미나에서 스위스 선생님이나 내가 강조한 것은 숲을 통해 아이들에게 그 경지를 열어주는 것이 먼저라는 것이었습니다.

그대는 어떤 삶을 살고 싶습니까? 많이 아는 삶입니까? 아니면 더 자주 가슴으로 만날 줄 아는 삶입니까?

생태적 각성이란
무엇입니까

나는 우리에게 당장 '생태적 각성'이 필요하다고 주장하는 사람입니다. 이 좁은 나라에서도 지역별로 각기 다른 양상으로 나타나고 있는 기상이변이나 전염병이 우리의 삶을 위협하는 수준까지 진행될 수 있으므로. 남쪽에는 긴 가뭄, 북쪽에는 폭우, 한 번도 겪어보지 못한 더위와 한파, 점점 불안정해지는 바람, 구제역이나 신종 인플루엔자, 메르스……. 지금 우리나라와 지구 전체를 향해 다가서고 있는 다양한 기후변화와 그에 따른 다양한 위협이 재앙으로 깊어지는 것을 막기 위해서라도 더 많은 사람이 생태적 각성을 가져야 할 것입니다. 이런 주장에 누군가는 물어올 것입니다. "생태적 각성이란 무엇이고, 그것을 갖는다는 것은 어떻게 하는 것인지요?"

'생태적 각성'이라는 말을 생태철학적으로 표현하면 '인류가 지구 전체 생명공동체에서 극히 미약한 일부 존재임을 알아채는 것'이라 할 수 있을 것입니다. 하지만, 이 말이 그대에게 얼마나 현실성 있게 전달될 수 있을지 잘 모르겠습니다. 그래서 더 선명하게 표현해봅니다. '생태적 각성'이란 '나무 한 그루 풀 한 포기가 아무것도 아니면 나도 아무것도 아니라는 것을 알아채는 것'이라 하겠습니다. 그들과 내가 실은 한 덩어리라는 것을 알아채는 것입니다. 풀을 잡겠다고 농약을 뿌리는 일에 아픔이 느껴져 다른 방법을 찾아보려는 자세가 바로 생태적 각성을 가진 마음입니다. 나무 한 그루를 베어내는 일에 무심하던 사람이 그 일을 내 몸에 깊은 생채기가 생기는 것처럼 아프게 느끼고, 또 고민하는 것이 진정한 생태적 각성입니다.

본래 모든 생명은 한 뿌리에서 나왔습니다. 35억 년 전쯤에 우리 지구 가이아에 최초로 등장했던 생명체가 현존하는 모든 생명들의 조상입니다. 도토리 씨앗 하나가 싹을 틔우고 나무가 되어 열매를 맺고 아주 너른 참나무 세상을 이루었다 해도 그 참나무 숲은 도토리 하나에서 시작한 것처럼 말입니다. 나와 형제자매가 한 어머니에서 나왔듯이, 우리 민족이 같은 조상에서 연유하였듯이, 인류 역시 그렇게 한 뿌리에서 숲을 이루었듯이, 동물과 식물과 미생물이 가이아 지구에 처음 등장한 한 뿌리의 생명에 기대어 출발했듯이……. 실은 모든 타자(他者)가 나와 같은 뿌리에서 나왔으며, 대등한 존귀함을 갖고 존재한다는 것을 자각하는 것이 생태적 각성의 핵심입니다.

이에 대해 깊이 자각한 사람은 단지 자각의 수준에 머물지 않습니다. 관점과 태도를 바꾸게 됩니다. 타자를 이용하여 나의 편익을 높이거나 그를 오직 짓밟아 올라서야 하는 경쟁의 대상으로 바라보는 어리석은 프레임을 해체하게 됩니다. 더 많은 타자와 더불어 살아갈 방법을 구하는, 분별을 지운 시선으로 바꿔 보려 합니다. 내가 무심코 사용하는 종이컵 하나가 어디에서 왔고, 그런 무심한 습관이 내게 어떻게 되돌아올지를 알아차리게 됩니다. 문명을 이룬 위대한 생명이 인간이라는 우월감에 젖어 철저히 무시해왔던, 단지 미물로만 여겨왔던 어떤 생명 하나의 움직임을 다른 시선으로 바라보게 됩니다. 생태적으로 자각에 이른 사람들은 다른 생명들이 보여주는 삶의 꼴이 그들의 불완전성을 넘어서려 애써온 자기극복의 과정임을 이해하게 됩니다. 또 그들이 드러내는 다양한 형상이 그들만의 내밀한 언어요, 소통체계일 수 있다는 가능성을 드디어 사유하게 됩니다. 마침내 내 반대 진영에 서 있거나, 나보다 가난하고 나보다 배우지 못해서 나와 다른 방식으로 욕망하고 나와 다른 수준으로 말하는 사람들의 저 너머를 보려는 태도가 생겨납니다.

따라서 생태적 각성은 최근 수백 년 동안 인류가 키워온 아픔과 위기에 대한 대안이고 희망이 될 수 있습니다. 그러니 더 많은 사람들이 생태적 각성을 가져야 합니다. 지구의 위기, 인류와 문명, 문화의 위기를 극복할 가장 강력하고 거의 유일한 대안이 바로 그것이기 때문입니다. 불감과 오만이 빚어낸 지금의 생태적, 사회적 위기를 구할 가장 큰 자각이 바로 생태적 각성이요, 실천인 깃입니다.

우리는 나 아닌 모든 것을 '타자'라 부릅니다. 그리고 타자와 나를 구분하여 나의 존재를 확인하는 데 익숙해 있습니다. 하지만 '나'라는 존재는 모든 나 아닌 것들로 이루어져 있으며, 무수한 '타자'들과 연결되어 비로소 존재할 수 있는 존재입니다. 이 것을 깨닫는 것이 생태적 각성의 중요한 점입니다. 이것을 각성한 사람은 저 풀 한 포기가 나와 무관하지 않은 생명임을 금방 알아챌 수 있습니다. 그리고 무수히 많은 타자와 나 사이를 상하나 우열로 관계 맺는 지옥 같은 삶의 방식을 허물게 됩니다.

더 많은 타자들과 대등해지고 우정을 나눌 수 있을 때, 그들의 아픔을 나의 아픔처럼 느끼고 공감할 때 묘하게도 삶의 기쁨은 더 크고 깊어집니다. 이는 마치 작은 방 안에서 누릴 수 있는 기쁨을 방 밖으로 나와 세상과 함께 누리는 기쁨으로 바꾸는 작업과도 같습니다. 그렇게 되면 오직 나를 지켜내는 데서 얻는 낮은 수준의 기쁨을 넘어 더 높은 수준의 기쁨을 삶에서 만날 수 있습니다. 생태적 각성은 '나'라는 존재를 그 지경까지 넘나들 수 있는 존재로 만들어주는 출발점이 됩니다.

그러니 타자가 아니라, 궁극적으로 나와 다른 한 몸이 내는 생명의 소리에 귀 기울이는 날이 부디 우리 삶에 더 많아야 합니다. 그대 삶에 그런 날 더 많으시기 바랍니다.

두려운 날 있으십니까

이틀 동안 찾아와 머물렀던 세찬 비와 찬바람이 지나갔습니다. 숲이 한결 헐거워진 느낌입니다. 비바람이 만든 숲의 여백 사이로 햇빛은 더욱 찬란히 내리고 덕분에 가을빛은 더욱 고와졌습니다. 오두막 주변에는 때 이른 서리가 내렸고, 노란 빛깔 산국도 다투어 만개하는 중입니다. 이즈음 나는 어김없이 그 작고 늦된 꽃, 산국에 마음을 빼앗깁니다. 오늘은 자자산방 아궁이 근처 마루에 30분 가까이 앉아 물끄러미 그 꽃에 취해 있었습니다. 벌, 꽃등에, 파리와 나비는 물론이고 무당벌레까지, 손으로도 머리로도 셀 수 없을 만큼 많은 곤충들이 날아들고 떠나가며 향기와 꽃가루를 탐하고 있었습니다.

비 오기 전날의 숲은 그 햇살과 바람과 빛이 예술이었습니다. 예의 앞마당의 산국 곁에 머물고 있는데 문득 돌아가신 스승님이 사무치게 보고 싶어졌습니다. 저 찬연한 가을 햇살 아래서 각자 끌리는 술을 천천히 목구멍으로 넘기며 물들어가는 숲의 한낮 풍경을 말없이 누릴 수 있다면……. 더는 삶의 본질적인 문제들에 대해 여쭙지 않아도 될 것 같은데, 그저 저 깊은 산국의 향을 몸으로 느끼듯 스승님의 향기를 느끼는 것만으로도 충분할 수 있을 것 같은데…….

새로운 삶에 대한 열망을 품고 숲으로 떠나와 깊은 겨울을 보내던 어느 날, 스승님께 문자메시지를 보낸 적이 있습니다. 살고 싶었던 삶에 대한 확신보다 더 무겁고 큰 두려움 앞에 떨고 있던 그 겨울 늦은 밤, 나는 이렇게 문자를 보냈습니다. "스승님, 제 꽃 피는 날이 있을까요? 정말 있을까요?" 폭풍우처럼 몰아치던 두려움에 밤새 뒤척이다가 뜬 눈으로 새벽을 맞았는데, 아무렇게나 던져놓았던 휴대전화가 짧게 부르르 두어 번 몸을 떨었습니다. 스승님의 짧은 문자메시지가 도착했습니다. "집으로 오르는 길에 겨울 목련을 보았다. 가지 끝에 꽃망울이 달려 있더구나. 털가죽 꽃망울 안에 그 고운 꽃 곱게 담겨 있겠지."

그전 언젠가 비슷한 두려움이 나를 장악하고 놓아주지 않던 때가 있었는데, 그때도 나는 문자메시지를 통해 여쭌 적이 있습니다. "선생님도 더러 두려운 날 있으십니까?" 여백을 두지 않고 이런 대답이 날아왔습니다. "나는 매일 두렵다. 눈을 뜨는 하루하루 그렇지 않은 날 없다."

이제는 자기 삶을 살아보려고 분투하고 있는 이들이 내게 비슷한 질문을 던져오고 있습니다. 그럴 때마다 나는 스승님과 나눈 그 짧은 이야기들을 대신 들려주곤 합니다.

삶의 변곡점마다 마주한 그 두려움들이 온전히 삶을 관통하는 것을 경험하고, 두려움을 다루는 방법을 알게 된 나는 이제 더 이상 두려움에 대하여 스승께 여쭙지 않아도 될 것 같습니다. 그렇지만 스승님은 떠나고 계시지 않으니, 이 가을 당신과 함께 산국 향을 누릴 수 없다는 것이 가슴을 아리게 합니다. 하지만 또한 알게 된 것이 있으니, 떠나가신 스승님이 나와 함께 계시지 않은 것이 아니라는 점입니다. 당신과 함께 나눴던 모든 순간과 장소를 다시 경험하거나 마주할 때마다 스승님은 생생히 되살아나 나와 함께 거닐고 웃고 아파해주십니다. 몸이 사라진다고 함께 사라지지 않는 것, 그 아름다운 것들이 떠난 이와 나를 연결합니다. 아마도 그 아름다운 것들을 더 많이 갖는 삶이 좋은 삶일 것입니다. 하지만 당신과 함께 바라보고 냄새 맡았던 저 산국, 그 자리에 다시 피어나니 그래도 그리움만은 어쩌지 못하는 가을입니다.

그대도 두려운 날 있는지요? 때로 그리운 날 있는지요? 목련 꽃망울 안에 목련꽃 있음을 기억하시기 바랍니다. 내 안에 진짜 나 있음을 알아채시기 빕니다. 사라진다고 함께 사라지지 않는 것들이 진짜 삶을 '살아낸' 기억이라는 점을 귀하게 여기시기 바랍니다.

"
겨울 목련을 보았다.
가지 끝에 꽃망울이 달려
있더구나. 털가죽 꽃망울 안에
그 고운 꽃 곱게 담겨 있겠지.
"

당신 역시
왜 아니겠습니까

새들의 노래가 빚는 형언불가 아름다움의 극치는 이제 숲에서 그 절정을 마친 듯 보입니다. 지금은 대부분의 새들이 짝짓기를 끝내고 새끼를 양육하는 데 집중하는 시점입니다. 새소리가 빚는 앙상블이 하향 곡선을 그리기 시작한다는 것은 한편 다른 생명들의 성장이 절정의 지점을 통과한다는 뜻이기도 합니다. 숲의 나무와 풀들은 제 잎을 한껏 뽑아내어 녹음으로 깊어가는 시간이고, 연중 피는 전체 꽃 중에 절반을 차지하는 여름 꽃들의 향연도 바야흐로 펼쳐질 참입니다. 당연히 나비와 나방, 그리고 온갖 종류의 벌레들 역시 가장 풍성한 꽃 잔치의 전령이 되기 위해 여름 들머리에서의 삶에 최선을 다하며 우화(羽化)를 준비하거나 시작하고 있습니다. 지금은 산뽕나무나 참나무, 환삼덩굴이나 개망초 같은 녀석들 어느 근처에라도 서기만 하면 애벌레들이 잎을 열심히 갉아 먹는 모습을 목격할 수 있는 때입니다. 계류나 강가에 가만히 서기만 하면 요즘은 물고기를 구하는 새들이 펼치는 하강과 상승의 에어쇼를 심심찮게 만날 수 있는 때이기도 합니다.

지금은 애벌레들의 시대, 애벌레들을 만나는 일이 참 많은데도 나는 그 애벌레들이 어떤 곤충인지는 잘 알지 못합니다. 다시 말해 나비나 나방을 보고 저 녀석의 애벌레 적 모습이 어땠는지를 연상하거나 기억하는 일을 잘 못한다는 것이지요. 애벌레들의 생김새가 너무도 다양할 뿐만 아니라, 우화하여 성충이 되는 과정이나 성충이 생활하는 모습을 연속적으로 관찰하는 것이 나 같은 건달의 생활사로는 거의 불가능한 탓입니다. 그래서 애벌레도감이나 곤충도감을 이따금 들춰보긴 하지만, 곤충의 이름을 나무나 풀의 그것처럼 잘 알지는 못합니다. 그럼에도 불구하고 애벌레들의 활동이 본격 전개되는 이즈음에 나는 늘 궁금함이 있었습니다.

어떤 애벌레들은 잎의 몸을 군데군데 뽕뽕 뜯어 먹어 망사 스타킹처럼 만드는 데 반해, 어떤 애벌레들은 잎을 반드시 잎몸의 가장자리부터 도려내어 마치 먹지 않은 듯 먹는 패턴을 보여줍니다. 몇 년간 이 궁금증을 해결하지 못했는데, 얼마 전 미국의 생물학자 데이비드 조지 해스컬(David George Haskell) 선생의 관찰로부터 그 해답을 얻었습니다. 해스컬의 관찰에 따르면 망사 스타킹 패턴으로 잎을 먹는 녀석들은 대부분 몸에 털을 지닌 애벌레들이고, 가장자리부터 갉아 먹는 패턴의 녀석들은 대부분 몸에 털이 없거나 털을 조금 가진 애벌레들이라는 것입니다.
　해스컬은 털의 유무에 따라 애벌레들이 잎을 독특한 패턴으로 갉아 먹는 이유를 새와의 관계에서 찾습니다. 애벌레들은 이즈음 제 자식들을 양육하느라 겨를이 없는 새들을 조심해야 합니다. 나뭇잎이나 풀잎을 갉아 먹다가 느닷없이 새들의 먹이가 될 수 있으니까요. 그래서 애벌레들의 표면에는 다양한 무늬와 색깔이 있어 새들에게 맛이 없어 보이게 하거나, 나뭇잎이나 나뭇가지처럼 위장하는 식으로 위험을 회피한다고 하지요. 물론 표면으로 독성 물질을 분비하여 방어를 하는 애벌레들도 있습니다. 그럼에도 불구하고 새들은 특유의 발달한 시력으로 나뭇잎이 뜯긴 모양을 보고 녹음 속에서 애벌레들이 있는 위치를 찾아내기도 합니다. 따라서 털이 별로 없거나 아예 없는 애벌레들은 통상 잎을 가장자리부터 정교하게 갉아 먹음으로써 잎이 훼손을 받지 않은 것처럼 위장하면서 자신을 지킨다는 것입니다.

반면 털을 키워온 애벌레들은 왜 그런 꼴을 만들고 유지해왔을까요? 해스컬은 그것을 명쾌하게 설명합니다. 애벌레가 흉한 털을 몸 외부에 만든 것은 우선 새에게 먹이로써 매력 없는 모습을 만들려고 한 것이라 설명하지요. 그렇게 맛없어 보이고 잡아먹기 곤란한 모습이 되면, 나무나 풀의 잎을 아무 곳이나 자유로운 모양으로 뜯어 먹어 자신들의 위치가 새들에게 노출되더라도 큰 문제가 되지 않기 때문이라는 것입니다.

이처럼 생명체들이 저마다 제 꼴을 만들이 사는 그 깊은 까닭을 하나씩 알아가는 것이 나의 주된 질문이고 공부입니다. 깊게 오래토록 자연의 대상들에게 질문을 던져 찾아내는 것이 대부분이지만, 해스컬 선생의 사례에서 배우듯 선험 연구의 도움을 받는 때도 많습니다. 어떤 경로를 통하든 하나씩 답을 찾을 때마다 나는 늘 감탄합니다. '참 위대하다. 저 작은 꽃, 새 한 마리, 나무 한 그루, 애벌레 한 마리 안에 어찌 저렇게 눈물겹도록 위대한 힘이 담겨 있을까!' 그리고 매번 '나 역시 그런 놀라운 힘이 왜 없겠는가! 애벌레 한 마리에게도 그것이 깃들어 있는데……'라고 생각하며 살아갈 힘을 얻곤 합니다.

그대요? 그대 역시 왜 아니겠습니까? 그 힘 어찌 그대 안에 곱게 접혀 있지 않겠습니까?

그런 날이 오겠느냐는
물음에 대한 나의 대답

한 날은 나보다 많이 젊은 청춘이 내게 물어왔습니다. 대략 이런 내용이었습니다.

"아직도 그런 날이 올 것이라 믿으세요? 보세요. 역사가 거꾸로 걸어가고 있는 것 같은 장면들이 날마다 펼쳐지고 있어요. 유럽과 중동에서 죄 없이 죽어가는 사람들을 보세요. 연일 테러와 폭격으로 수십 명이 사망했다는 뉴스를 듣고 보며 우리는 아무렇지도 않게 밥을 먹잖아요. 이웃나라의 지도자는 과거사를 반성하기는커녕 옛날 제 나라가 일으킨 침략 전쟁을 미화하고 심지어 그 시대를 그리워하며 그 시대를 다시 불러오려 해요. 인간사는 과연 더 나은 방향을 향해 나가고 있는 게 맞는 걸까요?

우리 현실은 또 어떤가요? 가계와 나라에는 날마다 빚이 늘고 있어요. 사람들은 사상 최대라는 표현을 더는 두렵게 느끼지 않는 것 같아요. 우리 청년들은 어떤가요? 꿈은 고사하고 제 몸 건사할 숟가락 하나를 만들기 어려운 날들이 계속되고 있어요. 기업은 사상 최대의 유보금을 쌓아놓았다죠? 재벌 중심의 구조로 1세대와 2세대 재벌 기업가들이 성장을 주도해온 나라

에서 요샛말로 '금수저'를 물려받아 기업가가 된 사람들은 새로운 성장 동력을 만들지도 찾아내지도 못하고 있어요. '창조'를 강조하는 정부의 리더십은 또 얼마나 자기모순에 빠져 있나요? 역사를 단일한 시선으로 가르쳐야 자부심을 갖게 될 것이라며 국사 교과서의 국정화를 강행하고 있죠. 보기 안에서 답을 찾는 것이 창조가 아니라는 생각을 못하는 것 같아요. 창조와 창의는 보기 밖에서 답을 찾을 때 시작되잖아요. 기업에는 비정규직이나 외주 계약이 만연하고 있고 그것으로 삶은 너무도 불안정하고 버겁다는 아우성이 넘쳐요. 그런데도 다른 대안을 찾아보자는 제안의 목소리는 들리지 않아요. 그것이 가계와 기업과 국가에 정말 경쟁력 있는 대안인지를 큰 틀에서 다시 보려는 시선도 보이지 않아요.

한마디로 소통이 사라진 세상 같아요. 아우성에는 귀를 닫고 차벽을 세우는 세상이요. 그것에 분노하여 화를 참지 못하면 심지어는 세계적 테러 집단에 비유되기도 하는 세상이잖아요. 그럴수록 다른 쪽에서라도 사유가 더 유연해져야 할 텐데 반대 진영 역시 갈수록 경화되고 있는 것 같아요. 소통의 구호는 지나치게 선명한 분노로 차올라 있어요. 저쪽이 이쪽에 약을 올려 한 대 때려보라고, 그러기만 하면 이쪽의 명분을 뒤엎고 폭행을 가한 가해자로 바꿔놓겠다는 의도가 분명한데도 말려들어요. 결국 다루어 극복해보려 했던 본질은 파묻히고 분노조절 장애를 가진 반사회적 존재로 내몰리고 마는 경우가 너무 많아요. 물처럼 유연하게 흐르며 마침내 거부하지 못할 장강으로 흘러가야 하는 새로움에 이르지 못하고 있어요.

집권을 꿈꾸는 사람들의 모습은 또 어때요? 그들에게 정말 대의가 있다고 보세요? 민족과 국가의 머나먼 장래를 품은 사람들이 모였다고 생각하세요? 오히려 사적 이익에 눈이 찔린 이들이 세상을 이끌고 있는 것 같지 않아요? 언론은 또 어떤가요? 살아 있나요? 통증 가득한 세상을 똑바로 바라보며 세상이 썩지 않도록 감시하는 역할을 포기한 것 같지 않나요?

선생님은 어떻게 생각하시는데요? 이런 장면을 매일 목도하면서도 인간에 대한 믿음, 미래에 대한 믿음, 역사에 대한 믿음을 버리지 않고 계신가요?"

나는 짧게 대답했습니다.

"맞아요. 나는 믿음을 버리지 않고 있어요. 숲이 딱 그래요. 황무지에서 시작하지만 마침내 푸르고 깊고 다양한 빛깔과 향기, 그리고 노랫소리로 채워지는 숲으로 흘러가지요. 이따금 산불이나 산사태가 날 때도 있어요. 그때 숲은 흐름을 잃고 과거로 거슬러 가게 됩니다. 하지만 열망하는 생명들의 분투와 아우성, 소통과 연대를 통해 숲은 다시 깊고 푸르러지고 심지어 신령한 차원까지 나아가지요. 아주 긴긴 세월을 두고. 나는 그 모습이 우주의 섭리라고 느끼고 있어요. 그런데 그대가 지금 느끼는 절망은 아마 우리가 인간이라서 그럴 거예요. 내가 살아 있는 동안 그 모든 과정이 다 이루어지기를 바라고, 또 깊은 차원을 지금 다 보고 싶어 하는 존재는 인간밖에 없거든요. 그래서 분노하고, 외치고, 그러다 안 되면 체념하고 떠나가죠. 심지어는 산사태나 산불 편에 서서 숲의 흐름을 방해하는 자로 변절하기도 하죠.

하지만 놓치지도 말고 잊지도 말아야 하는 점이 있어요. 숲의 긴 흐름과 아름다움은 바로 체념하지 않는 생명들이 이룬다는 거예요. 그들은 자기 꽃으로 피려 하고 자기 날개로 날아보려 하는 존재들이죠. 체념하지 않는 생명들은 모두 저마다의 한계에 놓여 있어요. 누군가에게는 빛이 모자라고 누군가에게는 바람이 너무 거세고 누군가에게는 물이 모자라고 누군가에게는 뜨거움이 지나치고 누군가에게는 추위가 과하고……. 하지만 그들은 그 한계 속에서도 체념하지 않아요. 끝내 자기를 이루어내려 하며 또한 숲이라는 전체 운행에 기꺼이 참여하는 존재들이죠. 그들 존재가 합쳐져 자기 시대의 숲을 키워요. 다음 시대의 숲도 그렇게 깊어져요. 그렇게 지금 여기에서 체념 없이 살아낸 존재들이 시간을 넘어서면 마침내 신비로운 빛깔과 향기와 소리로 그득한 공간, 깊고 신령스러운 숲이 됩니다.

나요? 나는 체념하지 않아요. 나는 원래 절망과 희망이 한 뿌리인 것을 아니까요."

"
숲의 긴 흐름과 아름다움은
바로 체념하지 않는 생명들이
이룬다는 거예요. 그들은
끝내 자기를 이루어내려 하는
존재들이죠.
"

숲으로 스며든 삶

변화는
늘 벽 앞에서
시작된다

도시에서 생명살림 운동과 연계된 소비자 활동을 하는 몇 분이 여우숲을 찾아왔습니다. 네 명의 여인과 한 명의 사내로 합이 다섯이었는데, 그중 한 여인이 내게 물었습니다. '자신은 지금 도시에 살지만 가능한 한 빨리 자연에 깃들어 헨리 데이비드 소로(Henry David Thoreau)처럼 살고 싶은데 어쩌면 좋겠느냐'는 질문이었습니다. 그렇게 하시면 되지 않느냐 되물었더니 그 분은 당장 그렇게 할 수 없는 현실적인 이유가 두 가지 있다고 답했습니다. 하나는 도시에서 돈을 버는 직장인 남편과 아직 독립하지 않은 대학생 자녀를 챙겨야 하기 때문이라고 했습니다. 다른 하나는 첫 번째 현실을 극복하더라도 해본 적 없는 시골의 삶에 대한 두려움이 존재하기 때문이었습니다. 시골로 생활의 터전을 옮겼다가 그곳 사람들과 섞이지 못하여 다양한 피로를 겪고 도시로 되돌아가는 사람의 사례가 많은데 그녀도 혹시 그렇게 될까봐 두렵다는 것이었습니다.

그렇지요. 귀농 혹은 귀촌은 삶의 터전을 근본적으로 바꾸는 선택입니다. 그러니 가족 모두가 동의하기는 정말 쉽지 않은 일입니다. 가족 구성원 중에는 시골보다는 도시의 삶과 문화를 더 좋아하고 익숙해하는 사람들이 있기 마련입니다. 또한 시골로 삶의 기반을 옮길 경우 그곳에서 무엇을 하며 살아야 할지 막막한 사람도 있을 것입니다. 낯선 지역과 문화 속으로 들어갔을 때, 그곳에 적응하는 일도 만만치 않습니다. 자연 속에서 어떻게 먹고살 것인가의 문제를 포함하여 귀농 혹은 귀촌 희망자들이 필연적으로 만나야 하는 가장 큰 문제들이 바로 이런 것들입니다.

군대에 다녀온 대학생 아들과 직장생활을 하는 남편의 일상을 챙겨줘야 하는 상황인데도, 자신은 당장 도시를 떠나고 싶다고 느끼는 심정은 어디에서 비롯한 것이냐고 물어보았습니다. 그녀는 무엇보다 몸이 도시를 거부하기 때문이라고 망설임 없이 대답했습니다. 자신의 아픈 몸이 도시를 거부하는데도 그곳을 떠날 수 없는 이유는 가족 때문이라고……. 이런 걸 딜레마라고 불러야겠지요? 나는 마땅히 건넬 조언이 없었습니다. 그분 삶의 맥락을 내가 온전히 알 수 없을 뿐만 아니라, 그녀와 같은 상황에 내가 놓인다 해도 나 역시 뾰족한 수를 내기가 어려울 것 같았으니까요. 하지만 궁여지책이라도 될까 싶어 자세히 조언을 건네는 대신 포괄적 방향만을 이야기해주었습니다. 대략 이런 이야기였습니다.

"첫째, 죽을 것 같으면 다른 것은 생각지 말아야 하지 않을까요? 우선 살고 싶어 보내는 몸의 신호에 정직하게 집중하는 것입니다. 지금과 같은 생활을 꾸역꾸역 계속하다가 혹시라도 도시에서 가족들을 챙기는 지금의 일마저 할 수 없는 몸 상태에 이른다면, 본인과 가족 모두에게 아무런 도움도 되지 않을 테니까요.

둘째, 급할수록 돌아가는 방편을 생각해보면 어떨까요? 단순히 몸을 치유하기 위해서만이 아니라 소로처럼 사는 꿈을 꾸며 도시를 떠나고 싶다고 하셨지요? 하지만 그 목적만큼이나 시골 사람들과 섞이지 못할까봐 두렵다는 심정을 밝힌 대목이 무척 중요하게 느껴집니다. 통상 식자들은 자연에 대한 아름다운 동경과 철학을 머릿속에 담고 귀농이나 귀촌을 시도하지만 그 철학과 동경, 구상은 현실 앞에서 무기력하기 쉽기 때문입니다. 도시 사람들에게 익숙한 이성과 합리성보다는 온정과 관습 같은 비서구적 양식이 아직은 더 우세한 곳이 시골이니까요. 그래서 아무리 급해도 간을 보는 시간이 필요합니다. 가고 싶은 지역을 자주 왕래하며 자신이 그들에게 이웃으로 받아들여질 수 있을지를 가늠해보는 시간을 갖는 것이죠. 왕래하다보면 차츰 그곳과 그곳 사람들에게 내가 섞이는 것이 수월할지 어려울지 감을 잡을 수 있을 겁니다.

셋째, 완충의 지대, 허심(虛心)의 단계를 두고 한 걸음씩 움직이는 것이 중요하다고 봅니다. 변화를 시도할 때 누구나 통과해야 하는 첫 관문은 아마 그간 지녀온 내 삶의 맥락이 완전히 새로운 삶의 맥락과 마주하고 부딪히는 국면일 것입니다. 일반적으로 변화는 그간 익숙했던 내 삶의 일부 혹은 전부가 깨지고 부서지는 것을 전제로 합니다. 자신이 추구하는 변화가 근본적 변화일수록 내가 마주해야 하는 새로운 맥락은 더욱 크고 견고한 벽처럼 느껴질 것입니다. 경우에 따라서는 내 삶의 전부를 깨트리라 요구하는 경우도 있을 수 있습니다. 이때 필요한 지혜가 완충의 지대를 두는 것입니다. 마음을 비우고 기존 삶의 맥락과 새로 다가오는 삶의 맥락을 객관적으로 살피는 허심의 단계가 필요합니다. 이를테면 가고자 하는 지역에 방 하나를 얻어서 자주 오가며, 오래된 내가 새로운 상황에 섞여들 수 있는 틈과 방도를 헤아려보면 좋을 것입니다. 주말에라도 오가며 마당에 한두 평 텃밭도 가꿔보고 이웃들 농사일도 조금씩 거들고……."

긴 조언은 그렇게 끝났습니다. 그녀는 머릿속이 더 복잡해졌다고 말했습니다. 먼저 도시를 떠나 시골에 정착하고 있는 나에게 희망의 말을 들을 수 있을까 싶어 왔는데, 오히려 더 무거운 마음을 안고 간다고 했습니다. 나는 그 반응이 어쩔 수 없는 것이요, 또 당연한 반응이라고 일러주었습니다. 왜냐하면 진정한 변화, 그 진짜 시작은 늘 진로가 막힌 벽 앞에서 시작되니까요.

마지막까지 품을
단 하나의 꿈

대나무는 일생에 오직 단 한 번만 꽃을 피웁니다. 그 꽃을 보기가 어려운 이유가 거기에 있습니다. 놀랍게도 대나무는 일생에 단 한 번 꽃을 피우는데, 개화 후에는 제 삶을 마감하는 생태(生態)로 유명합니다. 대나무의 일생을 아는 사람은 그래서 곧은 삶을 사는 대나무의 개화를 슬픈 아름다움으로 바라봅니다. 그것은 마치 일생일란(一生一卵), 태어난 자리로 되돌아와 일생 동안 오직 단 한 번만 알을 낳고 가뭇없이 삶을 마감하는 연어들의 회귀산란과 닮아 있습니다. 연어의 일생이 보여주는 찬란한 슬픔과 닮았지요.

단 한 번 개화하여 죽음에 이른 대나무 군락의 아래에서는 그의 자식들이 새롭게 자라나 부모가 살아온 생의 모습을 반복합니다. 그래서 그 자리에는 대나무의 영토가 존속하게 됩니다. 태어난 곳이자 산란지인 강으로 돌아와 알을 낳고 죽는 연어의 생 역시 그렇습니다. 강에서 치어로 깨어난 연어는 성장하며 강물을 따라 푸른 대양을 향해 출항합니다. 푸르고 너른 바다에서 제 삶을 힘껏 헤엄치며 누리다가 두어 해가 지난 뒤 다시 떠나왔던 강으로 향합니다. 거친 물살과 온갖 장벽을 거슬러 올라옵니다. 본래 태어났던 자리로 힘겹게 회귀한 뒤 제 부모와 똑같은 방식으로 삶을 마감해야 하는 연어의 죽음은 그래서 새로운 생명의 탄생을 발원하는 장엄한 의식과도 같습니다.

물론 숲에 어찌 대나무만 있겠습니까? 또한 강물과 바다에 어찌 연어만 있겠습니까? 무수한 해를 살며 때마다 눈부신 꽃 피우는 수풀도 많이 있고, 해마다 알을 낳아 삶을 확장해가는 물고기들도 헤아릴 수 없이 많습니다. 또한 대나무나 연어의 삶에도 어찌 단 한 번의 찬란함과 슬픔만이 있겠습니까? 수십 평생을 누리고 견뎠을 대나무의 줄기와 잎사귀에는 환희가 속속들이 스며 있겠고, 연어의 은빛 비늘에는 두세 해를 거듭한 가슴 뛰는 항해의 기억이 아로새겨져 있겠거늘 어찌 일생 단 한 번의 찬란한 슬픔만으로 그의 생에 특징을 부여하겠습니까?

그런데도 두 생명의 이야기를 이 글에 담는 까닭은, 그대가 희망한다는 그 삶을 시작하기 전에 반드시 점검해보기 바라는 까닭에서입니다. 그대는 내게 자연에 들어 새로운 삶을 시작하고 싶다고 말했습니다. 더없이 자연스럽고 자유로운 삶이고 싶다고 했지요. 오랫동안 알아보고 새로운 삶을 시작하는 것이라 했으니, 그대도 이미 짐작하고 계실 겁니다. 그 과정에 얼마나 많은 고비와 함정, 좌절의 유혹들이 놓여 있을지. 그러니 제일 중요한 한 가지를 분명하게 품고 있는지 스스로에게 절실하게 물어보고 시작하라는 말을 전하고 싶어서 대나무와 연어의 이야기를 꺼낸 것입니다. 그것은 바로 그대가 그리고 있는 '꿈'에 관

한 최종 점검입니다. 연어가 생의 마지막까지 품은 단 하나의 꿈. 일생일란의 꿈. 강물을 떠나 거친 바다로 떠나게 했고, 다시 강을 거슬러 오르게 한 바로 그 꿈. 대나무가 수십 년간 거센 비바람과 눈보라를 이기며 꼿꼿이 서 있게 했던 찬란한 슬픔 같은 꿈. 일생에 단 한 번 개화하는 그 꿈. 그대의 새로운 시작이 그렇게 마지막까지 품을 단 하나의 꿈을 가지고 있는지 물어보라 말하고 싶었습니다.

습관처럼 이어지는 낡은 삶이 지겨워, 하루하루가 설레고 기다려지는 새로운 삶을 갖고 싶다 말하는 사람들이 참 많습니다. 자발성보다는 의무감과 관성이 삶을 유지하고 있어서 살아도 사는 것 같지 않다며, 가슴 뛰는 삶을 살아보고 싶다는 막연한 그리움을 지닌 사람들 또한 곳곳에 널려 있습니다. 이제는 나도 '진짜 내 인생'을 살고 싶다며 이곳저곳을 기웃거리는 사람들을 만나는 것 역시 어려운 일이 아닙니다. 서점과 도서관에서 열리는 인문학 강좌 등에서 새로운 삶으로의 길을 모색하려는 사람들은 갈수록 많아지고 있습니다. 또 TV 다큐멘터리 속에서 모델을 찾아보고자 서성이는 사람들은 또 얼마나 흔합니까? 이런 현상은 아마 그만큼 자기 삶의 주인 자리를 놓치고 사는 사람들이 많다는 반증이자, 험난한 오늘을 새로운 내일로 바꾸고 싶다는 사회적 열망이 커졌다는 증거라 할 수 있을 겁니다.

그런데 분명히 알아야 합니다. 가고 싶은 곳을 기웃거린다고 모두가 갈 수 있는 것은 아니라는 점을. 강좌를 열심히 듣고 어느 선험자의 문전을 서성인다 해서 그 삶을 모두가 이룰 수 있는 것은 아니라는 점을. '진짜 살고 싶은 삶'이 그렇게 호락호락 허용되는 것이라면 왜 오늘을 사는 사람들 대부분이 살고 싶은 인생을 모른 척한 채, 지루하고 힘겨운 삶을 계속 이어가는 것일까요? 세상은 진짜 인생을 아무에게나 대충 이룰 수 있게 허락하지 않습니다. '진짜 살고 싶은 삶.' 그것은 진짜 내 꽃을 피우는 삶이요, 진짜 내 인생을 새로 낳는 것과 같은 추구입니다. 대나무가 해내는 일생 단 한 번의 개화와 같은 것이요, 연어가 이루는 일생일란의 출산과도 같은 것입니다. 그러니 무엇보다 절실한 염원을 품고 또 버려서 시작해야 합니다. 그래야 연어처럼 새로운 생명을 낳을 수 있습니다. 그래야 대나무처럼 제 꽃 피워낼 수 있습니다.

연어가 온갖 고난을 견디며 강을 거슬러 오르는 힘은 어디에서 비롯할까요? 대나무 꽃이 딱 한 번 피기까지 수십 년 세월을 견뎌내는 동력은 어디에 담겨 있는 것일까요? 틀림없이 그것은 그들의 DNA에 각인돼 있을 것입니다. DNA에 새겨져 있는 '마지막까지 놓을 수 없는 단 하나의 꿈'은 '새로운 탄생'입니다.
　그대도 이제 진짜 살고 싶은 삶을 시작하고 싶다 하셨지요? 진심으로 축하합니다. 출발에 앞서 그대의 DNA에도 '마지막까지 품을 단 하나의 꿈', '새로운 탄생' 절실하게 새겨 넣고 떠나시기 바랍니다. 건투를 빕니다.

"

그대의 새로운 시작이 그렇게
마지막까지 품을 단 하나의
꿈을 가지고 있는지 물어보라
말하고 싶었습니다.

"

첫 분노에 대한
기억

내가 자연으로 삶의 터전을 옮긴 본질적 이유는 무엇이었을까요? 제법 긴 세월이 지난 지금 가만히 생각해보니 그것은 '불화' 때문이었습니다. 요컨대 도시가 요구하는 삶의 방식과 내가 추구하는 삶의 방식 사이에 너무 자주 불화가 발생한 탓이었습니다. 도시의 방식은 합리적이고 편리하고 신속하고 능력 지향적이었으나, 내게 그 방식들은 지나치게 정형화되어 정이 없고 메마른 것, 숨 막히는 방식으로 느껴졌습니다.

그런데 더 깊이 생각하다보니 사실 내가 산중으로 올라오게 된 더 오래되고 원형적인 이유는 어쩌면 내가 기억하는 첫 분노감에서 이미 출발했던 것이 아닐까 싶었습니다. 도시와 불화하기 이전부터 나는 농촌사회의 불완전하고 소외된 모습이 조금 더 나은 것으로 바뀌기를 바라고 있었던 것 같습니다. 20대 중반에 쓴 대학원 학위 논문 역시 농촌문제를 다루었습니다. 산업과 자본의 성장을 지향했던 근대화 과정에서 농촌이 감내해야 했던 희생과 몰락의 문제를 농산물 수입개방 정책을 통해 분석함으로써 논증하려 시도한 논문이었습니다.

당시 전공 학과 내에 조직이나 정책이론과 관련하여 유행했던 다양한 주제가 있었음에도 불구하고 나는 왜 농업·농촌 문제를 주제로 삼았을까요? 졸업 후 세상에 나와 몇 년 만에, 다른 이들은 한창 도시를 누리며 살아가는 젊은 나이에 그 삶을 닫고 농촌으로 기반을 옮겨 새로운 삶을 열었을까요? 산중으로 들어와 숲에 기대어 사는 것으로 간결하게 사는 인생을 소망했으면서도 왜 굳이 도시와 농촌이 교류할 수 있는 기반을 마을 사람들과 함께 만드는 선택을 했을까요?

이러저러한 회고를 하다가 나는 소년 시절에 맞닥뜨린 충격적이고 슬픈 기억 하나를 떠올렸습니다. 그 슬픔이 너무 크고 충격적이었던 탓일까요? 그것은 나의 가슴에 세상을 향한 첫 분노의 기억으로 맺혀 있었습니다.

　중학교 1학년 때였습니다. 당시 한 분기 등록금이 3만 원가량이었던 것으로 기억합니다. 우리 반 아이 중에 그 등록금을 제때 내지 못해 학교로부터 자주 꾸중을 듣던 친구가 있었습니다. 그 친구의 아버지는 성실하지만 가난했습니다. 친구는 등록금 때문에 학교에 가지 않으려 했고, 친구의 아버지는 그런 아들을 보는 것이 너무도 가슴이 아팠을 것입니다. 그러던 어느 날, 등록금을 빌리러 몇몇 이웃집을 들렀으나 끝내 빌리지 못한 모양이었습니다. 친구의 아버지는 처지를 비관해 농약을 먹고 스스로 목숨을 끊어 가족 곁을 떠났습니다. 온 동네가 술렁였고 나도 그때 너무나 큰 충격을 받았습니다. 단돈 3만 원을 빌리지 못해 목숨을 놓고 세상을 떠나야 하는 현실은 그 친구의 문제일까요, 아니면 농부로 성실히 일했지만 다른 방법을 찾지 못해 가난을 끌어안고 살아야 했던 친구 아버지의 문제일까요? 돌아보면 그때 내게 농촌의 현실에 대한 막연한 슬픔과 분노가 생겼던 것 같습니다. 감수성 풍부한 사춘기 소년의 가슴에 자연스럽게 들어찼던 첫 사회적 슬픔이자 분노.

그때로부터 제법 긴 시간이 흘렀지만, 내가 농촌과 자연에서 새로운 삶을 살고 이러저러한 일들을 모색하도록 이끈 무의식적이고 강력한 힘은 바로 그 첫 사회적 슬픔과 분노였음을 알게 되었습니다. 앞으로도 나는 이 불완전한 농촌 구조 속에서 내 형편에서 할 수 있는 소박한 지향들을 행동으로 실천하며 늙어갈 것입니다. 때로 버거워하고 때로 만족하면서…….

누구에게나 잊히지 않는 충격적인 슬픔과 분노의 첫 기억이 있을 것입니다. 그대에게도 그런 기억이 있는지요? 한가로운 어느 날 그 기억을 가만히 만나보기를 권합니다. 분노의 기억을 제대로 만나고 살펴서 잘 다듬을 수만 있다면, 다시 말해 그것을 복수심이나 보복의 마음으로 품지 않고 그 원인을 극복해 나가는 에너지로 다룰 수만 있다면, 슬프고도 노여운 기억들은 자신이 지향하는 삶에 강력한 나침반이자 에너지로 작용할 수도 있을 테니까요.

그 셈법을 익혀야 살 수 있다

도시생활에 익숙한 사람이 귀농이나 귀촌하여 처음에 적응하기 어려운 것들이 있습니다. 각종 벌레나 쥐, 파충류를 자주 만나야 하는 것이 그중 하나입니다. 하지만 자연에서 살다보면 자신도 모르는 사이 그들과 공존하는 방법을 터득하게 됩니다.

보다 어려운 문제로 꼽히는 것은 시골에 아직까지 살아 있는 '공동체 문화'와의 갈등입니다. 아파트 생활이 보편화된 도시의 정주문화에서는 이웃과 생활을 나누는 일이 많지 않습니다. 각자의 집으로 들어가 단단한 쇠문을 닫으면 그 순간부터 이웃집 사람과 엮일 일이 거의 없기 때문일 것입니다. 하지만 시골생활은 다릅니다. 한여름 풀이 무성해질 때면 마을 진입로에 풀을 벨 테니 집집마다 연장을 들고 모이라는 방송이 나옵니다. 마을이 도시에 있는 기업이나 단체와 자매결연을 맺는다며 모두 모이라는 방송이 나올 때도 있습니다. 농한기에는 부녀회에서 어르신들을 모셔 음식을 대접한다고 모이기도 합니다. 일년 중 가장 큰 행사인 동계(洞契) 역시 빠지기 어려운 행사입니다. 누군가 아파서 도시에 있는 병원에 입원하면 단체로 문병을 가기도 합니다. 또 세상을 떠나시는 분이 있을 경우 마을 주민

전체가 장례에 참석하고 나처럼 젊은이는 상여를 메야 합니다.

번잡함이 싫어서 시골에서의 삶을 선택한 사람에게, 혹은 도시의 개인주의적 삶에 익숙한 사람에게는 어쩌면 이런 문화는 쉽게 적응하기 어려운 것일 텝니다. 하지만 이런 공동체 문화는 시골마을 사람들이 '혼자'의 한계를 극복하기 위해 '서로'의 힘을 활용하며 살아온 오래된 지혜이며, 그 문화에 적극적으로 참여할 경우 도시에서 경험할 수 없는 소중한 즐거움을 나눌 수도 있습니다.

도시에서 들어온 사람들이 정말 적응하기 어려운 것은 시골 사람들의 셈법인 경우가 많습니다. 나의 이웃 중에는 수확할 때마다 땀 흘려 얻은 농산물을 우리 집에 가져다 놓고 가는 분이 있습니다. 외출했다가 돌아오면 마루에 브로콜리 한 포대가 있기도 하고, 마늘 한 접이 있기도 합니다. 파, 깨소금, 인삼……. 철마다 그 종류는 다르지만 어떤 메모도 없이 덩그러니 마루 한쪽 구석에 수확물이 놓여 있는 때가 자주 있습니다. 그냥 얻어먹을 수만은 없어 가져오신 분을 찾아 나서보았지만 처음에는 그 범인(?)을 찾기가 어려웠습니다. 어찌어찌 알아내어 셈을 해보려 한 적이 있습니다. 하지만 도리어 면박만 당했습니다. 농사가 부실한 나는 드릴 농산물도 없고 해서 결국 오가는 길에 고기를 끊어다가 드리거나 과일, 케이크 같은 것을 사다 드리곤 했습니다. 훈훈한 인심으로 느낄 수 있는 관계지만, 도시생활에 지나치게 익숙한 사람이라면 이런 관계가 번거롭게 느껴질 수도 있을 것입니다.

물론 시골에 이렇게 훈훈한 셈법만 있는 것은 아닙니다. 어떤 인심은 참 야박하다 싶은 측면도 있습니다. 어느 봄에 마을 차원에서 농로를 넓혀 포장하려 한 적이 있습니다. 농로의 확장과 포장 사업은 그것을 통해 마을의 여러 농가가 농사를 짓는 데 도움이 되는 효과를 얻을 수 있는 공동체적 의미가 있는 사안이었습니다. 사업 진행을 위해서는 도로에 인접한 사람들이 각자 조금씩의 땅을 내놓아야 하는 상황이었습니다. 그런데 그중 자신의 땅이 포함되는 두 농가 사이에 두 평 남짓한 땅을 부담하지 않겠다고 얼굴을 붉히는 이가 있어 포장이 몇 달간 지연되었습니다. 돈으로 치면 30만 원 정도밖에 안 되는 땅인데, 함께 수십 년을 살아온 이웃이면서도 그렇게 자기 이익을 지키려 첨예하게 맞서는 모습이 내게는 도무지 이해가 되지 않았습니다.

며칠 동안 곰곰이 생각해보았습니다. 대부분의 사람들이 좋은 인심을 보여주지만, 한편으로는 너무 야박한 셈법을 가진 이 역설적인 모습은 어디에서 연유한 것일까 하고요. 그것을 이해해보려 고민한 끝에 짐작한 것은 이렇습니다. 아마도 농경의 시대를 거쳐 오며 가난을 면하기 어려웠던 민초, 농민들에게는 땅이 대대손손 너무도 소중했던 탓이겠구나. 어른들은 지금도 논둑과 밭둑에까지 콩 같은 작물을 알뜰하게 심습니다. 땅 한 평이 소중했던 시대를 살아온 조상들의 가르침이 온몸에 깊이 배어 있는 어른들께는 이웃한 땅과 경계를 이루는 논둑과 밭둑마저도 작물을 심지 않고 그냥 놀리기에는 아까운 땅으로 여겨졌겠지요. 근대가 오고 누구나 돈을 내면 땅을 소유할 수 있는 날이 열렸으며 소작의 제도가 사라진 지금이지만, 억압과 가난을 견뎌내며 대를 이어 전해온 땅의 소중함과 그 가르침을 받아온 사람이라면 손바닥만 한 땅일지라도 쉽게 양보할 수 없을 것입니다.

나름대로 고민해봤지만 이런 분석이 타당한지 아닌지 나는 확신하지 않습니다. 하지만 시골에서 살고자 하는 사람이라면, 시골의 셈법 중 하나에 이러한 맥락이 흘러오고 있음을 알면 도움이 될 것입니다. 그 맥락을 헤아릴 줄 아는 사람이라면 이해하기 어려운 시골의 셈법과 마주했을 때에도 상황에 대처할 지혜 하나를 가질 수 있을 것입니다. 나는 그것을 '내가 조금 더 손해를 보겠다'는 마음을 갖고 사는 것이라고 말합니다.

어떠신지요? 이웃의 누군가와 이해관계를 갖게 되어 갈등하는 상황이 온다면, 그때 지혜로운 사람이 꺼내들 마음은 '내가 조금 손해 보지 뭐!'일 것이라는 나의 이야기에 공감이 되시는지요? 시골에서 새로운 삶을 살며 이런저런 일을 겪어본 나는 바로 그것을 자연에서 다시 시작하는 사람이 꼭 지니고 시작해야 할 마음으로 꼽겠습니다.

농부로 사는
즐거움 몇 가지

여우숲에 내 새로운 삶의 베이스캠프인 '백오산방'을 완성한
것이 2008년, 그해 여우숲에 비가 정말 많이 왔습니다. 흙을 기
둥과 벽의 주재료로 삼은 터라 석 달 넘게 계속 쏟아졌던 비 때
문에 13.5평밖에 되지 않는 작은 오두막 한 채를 짓는 일은 지
극히 어려웠습니다. 하지만 그렇게 눅눅한 시간 속에서도 뜨거
운 땀방울 가득 담아 완성한 나의 새 오두막에서 첫 잠을 자던
날을 나는 잊지 못합니다. 시월 말일이었고 볕이 참 좋은 날이
었습니다.

만추의 숲 풍경에 취해 한 달을 보냈고, 눈 쌓여가는 경관에
홀린 채 첫 책을 쓰며 겨울을 보냈습니다. 그리고 자연에 들어
첫 봄이 왔을 때 나는 괴산 읍내에 서는 5일장 장터로 달려가
밭에 심을 종자들을 구입해 돌아왔습니다. 처음으로 밭을 갈고
이것저것 푸성귀를 심었고, 제법 되는 양의 옥수수도 심고 고구
마도 심었습니다. 어설프지만 농부로 첫 발을 내딛는 순간이었
습니다. 스스로 참 감개무량했습니다. 사실 내게는 글을 써 책
으로 엮는 것에 대한 간절함은 그다지 크지 않았지만, 농부로
살겠다는 간절함은 귀농을 공부하던 시절부터 아주 크고 깊게

자리했었기 때문입니다.

나는 농부로 사는 즐거움을 꿈꾸고 있었습니다. 농부로 사는 즐거움은 '직접'의 즐거움이요, '거절'의 즐거움이자 '조아림'의 즐거움입니다.

　우선 내가 '직접' 일군 것을 스스로의 밥상에 올리고, 세상에 내놓을 수 있다는 즐거움을 그대는 이해할 수 있을까요? 그것은 어쩌면 내가 쓴 책을 세상에 내놓고 나의 세계를 읽어줄 어떤 독자를 기다리는 즐거움과 비슷할 것입니다. 다른 이가 만든 것을 중개하며 사는 삶이 아니라 직접 일구고 이룬 것을 세상과 나누는 즐거움이야말로 모든 직업 영역에서 달성하고픈 즐거움의 으뜸이기 때문입니다. 그 점에서 나는 창작과 예술, 그리고 농사가 가장 훌륭한 직업 영역이라고 믿고 있습니다.

　다음으로 '거절'의 즐거움은 세상에 맞설 수 있는 나 자신의 힘을 갖는 통쾌함이라 할 수 있습니다. "내가 생산한 농산물을 아무에게나 팔지 않을 것이다. 돈만 주면 무조건 누구에게나 파는 자본주의 구조와 질서에 맞설 수 있다"라는 즐거움을 어떻게 설명해야 할지 잘 모르겠지만, 돈보다 귀한 가치를 인정하는 훌륭한 소비자들과만 거래하겠다는 야심(?)을 채울 수 있는 것 역시 내게는 농부로 사는 즐거움 중 하나입니다. 헨리 데이비드 소로가 자신의 오두막에 살 때 세금을 거부하다가 유치장에 들어간 심정 속에 통쾌함이 있었을 것임을 안다면 '거절'의 즐거움 또한 이해하실 것입니다.

마지막으로 '조아림'의 즐거움은 깊어져야 누릴 수 있는 즐거움입니다. 사람이 만든 권력이나 자본에 조아리기보다 하늘과 땅과 바람과 물에게 머리를 조아리는 하루하루에는 겸허한 즐거움이 가득합니다. 그리고 인간이 아닌 다른 생명들을 나와 대등하게 대하며 얻게 되는 충만감 역시 그런 즐거움입니다.

　하지만 몇 해 전부터 나는 농부로 사는 즐거움을 제대로 누리지 못하고 있습니다. 어느 해에는 숲학교를 짓는 일로 몹시 바빴고, 세간의 요청으로 강연을 위해 숲을 떠나는 날은 더욱 많아졌고, 뜻하지 않은 아픈 인연들로부터 도망친 날들도 길었고……. 그렇게 땅과 생명으로부터 유리된 시간이 많아지곤 했습니다. 흐름을 억지로 되돌릴 수 없는 상황이어서 이제 조금 다른 방법으로 즐거움을 모색하고 있습니다. 농사는 오직 다년생 작물인 명이나물에 집중하고, 더 많은 부분을 자연에서 그냥 얻을 수 있는 작물 쪽으로 방향을 놓아보고 있는 중입니다. 또한 그간 뿌려온 정신과 지혜의 씨앗을 더 많은 이들에게 나누는 데 집중하고 있습니다. 하지만 그래도 숲과 생명을 기반으로 하여 소박하게 농사짓고 사는 즐거움은 떠나보낼 수 없는 그리움입니다. 언제고 한가로운 국면이 다시 내게로 오면 나는 농부로 사는 즐거움에 푹 빠질 것입니다.

"
농부로 사는 즐거움은
직접의 즐거움이요,
거절의 즐거움이자
조아림의 즐거움입니다.
"

허락된 속도를
지켜야 하는 때

여우숲 주차장에는 "차 세우고 걷는 기쁨, 여기서부터 누리세요"라고 쓰인 푯말이 서 있습니다. 대부분의 사람들은 그 권유를 따라 제법 긴 경사로를 걸어 올라옵니다. 하지만 짐이 많은 사람이나 걷는 것을 싫어하는 사람, 혹은 몸이 불편한 사람들은 차를 가지고 올라옵니다. 그렇게 올라온 이들 중에 5할은 이곳은 차가 다닐 곳이 못된다고, 제발 길을 포장하여 매끄럽게 손을 보라며 당부하거나 투덜댑니다.

그런 불평은 어찌 보면 자연스러운 일입니다. 구불구불하고 울퉁불퉁한 길인 데다가, 심지어 두어 곳은 제법 가파른 경사로이기까지 하니 매끈한 포장도로만 달려본 사람들에게 그 길은 불편하고 위험하게 느껴질 수 있습니다. 나 역시 그랬습니다. 처음 여우숲에 백오산방을 짓기 위해 서울에서 이곳을 오갈 때, 몇 번이나 차를 웅덩이에 빠트려 견인 신세를 졌지요. 집을 짓기 시작하면서 장만한 농업용 덤프트럭 '세레스'는 앞뒤 기어와 그것을 연결하는 조인트 쇳덩이까지 모두 깨먹은 적이 있습니다. 그때에 비하면 여우숲으로 이르는 지금의 길이 내게는 고속도로처럼 부드럽게 느껴지지만, 비포장도로에 익숙하

지 않은 사람들에게 그 길은 험로인 것이 당연합니다.

하지만 나는 이제 똑같이 험로인 그 길을 어떠한 차로도 큰 무리 없이 운전해서 올라올 수 있습니다. 물론 눈이나 비가 오는 날에는 나 역시 사륜구동 차가 아니면 올라올 수 없습니다만, 맑은 날의 경우 그 길은 전혀 문제가 되지 않습니다. 도로가 허락하고 있는 속도를 내가 아주 정확히 이해하고 있기 때문입니다. 이 도로는 시속 5킬로미터 이하로 올라올 때 가장 순탄합니다. 기어는 당연히 1단, 오토매틱의 경우 'L'에 두어야 합니다. 이 상태가 바로 쓸데없는 구동력을 구사하지 않는 최적의 속도요 기어 수준이기 때문입니다.

처음엔 더 험했던 그 길을 오르며 '세레스'를 세 번이나 망가뜨렸고, 그 과정을 통해 나는 하나씩 알아가게 되었습니다. '어느 길로 접어들었을 때 우리는 오직 도로의 경사나 노면의 상태 등 자연이 요구하는 속도에 순응해야 하는 때가 있구나. 아무리 급해도, 또 아무리 거센 비가 몰아쳐도 걸어야 하는 때가 있는 것이구나. 주저 말고 차에서 내려 비바람 속에 머리를 숙이고 헉헉 숨을 몰아쉬며 걷는 방법밖에 없는 때가 있구나. 삶도 그런 것이겠구나.'

달리고 싶은 날, 하지만 그럴 수 없는 시공 속에 놓인 날, 그대 오직 허락된 속도를 따라 그 구간을 무사히 건너기를 빕니다.

"
자연이 요구하는 속도에
순응해야 하는 때가 있구나.
아무리 급해도, 또 아무리
거센 비가 몰아쳐도 걸어야
하는 때가 있는 것이구나.
"

어떤 도모가
곤란에 처하거든

숲과 함께, 바람과 물, 땅, 생명과 함께 깊이 교감하며 살면 그 삶은 저절로 부드러워집니다. 해가 뜨고 지는 모습, 그리고 바람과 물이 흐르는 방식을 매일 마주 하는데 어찌 부드러움을 일상으로 끌어들이지 않고 살아지겠습니까? 생명들이 그리는 무위(無爲)의 그림과 아름다운 노래를 들으며 사는 나날이 어떻게 긴장이나 두려움으로 굳어지겠습니까? 낯빛도 부드러워지고 걸음걸이도 부드러워집니다. 하지만 동시에 저절로 단호해집니다. 숲에 사는 생명 대부분이 그렇듯, 분명한 자기 영역을 갖고 그 영역에서 단단한 기반을 지켜내야 자연에서 살아남을 수 있기 때문입니다. 도시에서야 이리저리 구를 각오만 되어 있다면 먹고살 방법이 훨씬 다양하지만, 농촌에서는 뿌리를 박을 수 있는 방법의 다양성이 훨씬 좁기 때문입니다. 부드럽게 살되 절대 내려놓지 않을 일관된 지향이 없다면 자연에 뿌리내리고 살아남기는 결코 쉽지 않습니다.

고백하지만 나 역시 도시로 되돌아가고 싶은 날이 있었습니다. 숲으로 삶의 기반을 옮기고 3년의 시간을 이렇다 할 소득 없이 보내던 중 딸 녀석에게 자전거 하나 사줄 돈이 없는 형편이 되었을 때, 아내에게 생활비가 없다는 소식을 들었는데 어떻게 할 방법이 없었을 때, 나는 한참을 홀로 울다가 다시 도시로 돌아가 어디든 일자리를 찾아볼까 진지하게 고민했습니다. 사실 귀농자들에게 3년은 마(魔)의 시간입니다. 마라토너들이 마라톤을 할 때 반드시 겪는다는 마의 고비 같은 것이 귀농자들에게도 있는 것이지요. 대부분 도시의 집을 팔고 내려와서 집과 농토를 장만하고 이런저런 일을 모색하다보면 여윳돈의 대부분이 소진되는 시점이 대략 3년이라고 합니다. 따라서 그 시간 내에 새로운 삶에 제대로 뿌리를 내려야 새 삶에 지속가능성을 확보할 수 있는 것이지요.

그래서 귀농 정착기에 가장 중요한 것을 꼽으라면 나는 '일관성'을 강조합니다. 여기서 일관성은 어떠한 상황에서도 본래의 뜻을 흩어버리지 않고 지조 있게 밀고 나가는 힘을 말합니다. 새로운 삶에 찾아오는 첫 번째 고비를 견뎌낼 힘이 바로 '나는 절대 돌아가지 않을 것'이라는 다짐을 지켜내는 일관성에서 비롯되기 때문입니다.

다짐을 지키려는 의지를 어떤 상징으로 만들어 간직하는 것도 하나의 방법입니다. 그대는 웃을지 모르지만 이를테면 귀농을 결심한 나는 한 번도 해본 적 없는 꽁지머리를 길러 오랫동안 유지했습니다. 그것이 내게는 도시로 돌아가지 않겠다는 맹약의 상징이었던 것입니다. 특별한 재주도 없고 꽁지머리까지 한 사십 대 사내를 받아줄 도시의 직장은 없을 것이므로, 꽁지

머리는 다시는 도시로 돌아갈 수 없다고 스스로를 믿게 한 장
치였던 셈이지요.

그러나 일관성을 지키면서 뿌리를 내리고 자기세계를 여는 방
법은 무엇보다 '씨앗'에서 배울 만합니다. 씨앗은 껍질과 배, 그
리고 배젖으로 이루어져 있습니다. 배젖은 배가 싹을 틔울 최
소의 양분이고, 껍질은 배와 배젖을 지키기 위한 보호막입니
다. 미래를 이룰 핵심은 단연 배(胚, embryo)입니다. 나무의 경
우 수십, 수백 년의 미래가 바로 씨앗 속의 배에 고스란히 담
겨 있습니다. 씨앗은 싹을 틔우기까지 필연적으로 먼저 견디고
지키는 시간을 보내야 합니다. 춥다고 얼어 죽어서는 안 됩니
다. 습하다고 썩어서도 안 됩니다. 건조하다고 말라 사라져서
도 안 됩니다. 어떤 상황에서도 배가 상하면 자신의 미래 역시
없기 때문입니다.

　또한 씨앗은 어느 때에 이르면 자신을 개방하고 외부 존재를
받아들일 줄도 알아야 합니다. 싹을 틔우기 위해 씨앗이 제일
먼저 해야 하는 일이 바로 외부에 존재하는 물기를 받아들이는
일이기 때문입니다. 그 매개변수는 당연히 온도입니다. 자신에
게 적절한 온도가 찾아올 때까지 단단히 자신을 지켰다가 적당
한 온도가 되면 물기를 받아들여야 합니다. 받아들인 물기를 활
용해 배젖을 녹인 씨앗은 이윽고 배 안에 고스란히 접혀 있던
새로운 생명의 힘을 펼치기 시작합니다. 씨앗 스스로가 드디어
어린뿌리를 만들어냅니다. 씨앗은 마침내 무거운 압력의 땅을

뚫고 떡잎을 낸 뒤 본줄기와 본잎을 만들어냄으로써 제 하늘을 여는 첫걸음을 시작할 수 있습니다. 씨앗이 마침내 싹트고 자라고 꽃피우고 열매 맺을 수 있는 새로운 차원의 생명으로 전환할 수 있는 결정적 계기는, 결국 단단하게 지켜오던 자기를 개방하여 버리는 것입니다. 씨앗이 보여주는 자연스러운 전환과 생장의 원리가 얼마나 놀라운지요!

어떤 도모가 곤란에 처할 때마다 나는 씨앗이 되어봅니다. 그것이 가진 일관성과, 단단함과 부드러움의 모습과 원리를 내 삶으로 받아들이려 애씁니다. 어떤 도모가 곤란에 처하거든 그대 역시 씨앗이 되어보라 권하고 싶습니다. 씨앗이 땅을 뚫고 나와 제 하늘을 여는 감동적인 과정에서 그 곤란을 지워낼 방법을 찾아보라 권하고 싶습니다. 일관되고, 단단하고, 동시에 부드러운……

욕망만 무성한
나무의 불행

올해 목련 한 그루를 심었습니다. 불행하게도 그 나무는 몇 달 지나지 않아 옮겨 심어진 첫해의 어려움을 이겨내지 못하고 죽었습니다. 나는 목련 나무가 토대를 소홀히 하고 욕망을 추구하는 데 지나치게 경도된 것이 죽음의 원인이라 진단했습니다. 옮겨 심어진 첫해는 나무에게 대단히 위험한 해입니다. 토양과 빛, 습도 같은 미기후 조건이 옮겨 심기 전 본래 자신이 살고 있었던 곳의 환경 조건과 다르기 때문입니다. 그래서 나무에게 있어 옮겨진 첫해는 새로운 환경과 밀착하고 결합하는 일이 가장 중요한 해입니다.

나의 백오산방 입주를 기념하여 스승님이 선물해주신 배롱나무 역시 이식한 이듬해에 큰 어려움을 겪었습니다. 그 나무는 첫해 적응하고 여름 내내 꽃을 피웠으나 두 번째 겨울에 찾아온 혹한 때문에 동사했습니다. 그동안 키워왔던 굵은 줄기를 포함해 모든 가지가 동해(凍害)를 입고 맥없이 시들었다가 툭 하고 쓰러졌습니다.

　그런데 그 죽음에 안타까워하고 있을 즈음 배롱나무는 뿌리

로부터 몇 개의 새로운 줄기를 힘차게 뽑아 올렸습니다. 이내 줄기마다 꽃을 피우며 자신이 죽지 않았음을 당당히 보여주었지요. 한 해 동안 새로운 조건에 적응하며 뿌리의 깊이를 더하는 성장을 이루었기에 회생이 가능했을 것입니다.

인문적으로 바라보면 나무에게 있어 잎과 꽃은 그들의 욕망이 현재화된 모습입니다. 나무는 열매를 맺기 위해 꽃을 피우고, 궁극적으로 꽃을 피우기 위해 잎과 가지를 키웁니다. 그러므로 성장이 담고 있는 욕망의 근원은 결실인 셈입니다. 하여낙엽이 지고 겨울이 가까웠을 때도 나무들은 그 욕망의 원형을 가장 소중한 곳에 보존합니다. 가지에 매단 겨울눈이 그것입니다. 겨울눈 안에는 내년에 피울 잎과 꽃의 원형이 고스란히 담겨 있습니다.

한편 나무에게 뿌리는 삶의 기반이요, 토대입니다. 기반과 토대인 뿌리를 소홀히 하고 과도하게 잎과 꽃의 욕망만을 키우면 나무는 지상부 전체를 잃을 수도 있습니다. 뿌리를 소홀히 한 나무는 쉽게 치명타를 입습니다. 올해 심은 목련의 죽음은 뿌리보다 잎, 즉 토대보다 욕망을 키우는 데 지나치게 몰두한 결과라 해도 과언이 아닙니다.

가만히 보면 이 시대 우리의 삶도 지나치게 성장과 개화의 욕망에 경도되어 있습니다. 뿌리와 토대가 되는 철학과 정신을 쉬이 내팽개치고 물리적 성과로 모든 것을 가늠하려는 경향이 세상

곳곳에 널려 있습니다.

요즘 어떤 일을 도모하고 계신지요? 그것이 무엇이든 욕망만 무성한 나무의 불행을 만나는 일은 없기를 빕니다. 점점 더 보이는 것이 전부가 되어가는 이 시대에 세우기 어려운 것이 철학이고, 간수하기 어려운 것이 정신일지라도 그것에 소홀함이 없기를 바랍니다.

우리가 잊고 사는
시간의 법칙

요즘 눈 참 자주 내립니다. 오두막살이 몇 해 동안은 눈 오는 것이 무척 반가웠습니다. 눈 쌓여 오두막에 갇히면 찾아오는 이가 거의 없고, 나가는 일도 쉽지 않으니 온전히 고립, 그 자체로 별도의 세상이었습니다. 눈 내리고 쌓이는 날은 본래 살고자 마음먹었던 바로 그 세상이 열리는 시간이었습니다. 먹을 것과 땔감을 마련하고, 수도만 얼지 않는다면 일 년 중에 가장 깊이 있는 시간을 보낼 수 있는 때가 바로 그때였으니까요. 전국을 누비며 하는 강연은 내게 잘 맞고 또 내 가난한 삶을 연명할 돈을 얻게 하는 좋은 일이지만, 고요와 평화를 깨고 본래 마음을 흩어놓는 원인이기도 합니다. 나를 만나자고 멀리서 숲으로 찾아오는 분들이 있다는 점 역시 보람되고 감사하지만, 어쩔 수 없이 삶의 흐름을 놓치고 정신이 산만해지는 계기가 되기도 합니다. 그러니 모든 것이 자연스레 제자리를 찾게 되는 시간인 눈 오고 쌓이는 날에 왜 반가움이 없겠습니까?

하지만 요즘은 눈이 오면 걱정이 커집니다. 드물지만 겨울에도 여우숲을 예약하고 찾아오는 분들이 있으니 그분들을 위해 눈을 치우고 길을 터놓아야 하기 때문입니다. 실개천으로 소금기가 흘러들고 그 때문에 숲에 사는 다른 생명들이 힘겨울까봐 염화칼슘을 뿌리지 못하는 나의 성질머리는 전작인『숲에서 온 편지』에서도 고백한 바 있습니다. 그러니 넉가래나 눈삽, 아니면 대빗자루로 길을 낼 수밖에 없습니다. 여우숲 주차장 입구에서 숲학교 건물을 거쳐 백오산방까지 한 바퀴 돌면 거리가 500미터 정도 될 것입니다. 혹시 올라올 차에 대비하려면 바퀴가 밟을 자리를 따라 길을 내야 하니 족히 1킬로미터는 눈을 치워야 합니다.

폭설에는 눈삽이나 넉가래를 쓰고, 가벼운 눈에는 비질을 합니다. 반나절 넘는 시간을 몰두하면 2/3쯤 쌓인 눈을 치울 수 있습니다. 금방 허리가 뻐근해지고 손바닥도 아파옵니다. 온몸에 절로 땀이 나는 시간입니다. 한심스럽게도 홀로 연장을 들고 눈을 치우다보면 자연스레 자꾸 뒤를 돌아보고, 남은 거리를 가늠해보기도 합니다. 그리고 이내 한숨을 푹 쉬지요. 갈 길이 멀다는 막막함 때문입니다.

그런데 재미있게도 얼마 전부터는 그런 막막함을 싹 지우게 되었습니다. 오히려 눈을 치우는 시간이 더없이 특별한 성찰의 시간으로 바뀌었습니다. 남은 거리나 시간을 가늠하지 않으면서부터입니다. 그저 묵묵하게 비질을 해 나가기 시작하면서부터였지요. 빨리 치우겠다는 욕심을 버리고 그저 삽질과 넉가래질에 몰두하자 몸에 힘이 자연스레 빠졌고 몸동작은 리듬을 타기 시작했습니다. 일하는 내내 그 좋아하는 담배를 피우고 싶은 생각도 좀처럼 생겨나지 않았습니다. 눈 쌓인 길 위에서 만난 다양한 흔적들에 눈길을 주며 빙그레 웃는 순간도 생겨났습니다. 툭 하고 부러져 떨어져 있는 나뭇가지 한 조각, 고라니나 멧토끼의 발자국, 그들을 쫓아 총총 사라진 나와 함께 사는 개 '산'과 '바다'의 발자국, 새발자국, 덮인 눈 위로 자라나 새들의 사랑을 받고 있는 키 작은 풀들의 열매…… 암담한 노동으로 여길 때는 발견할 수 없었던 참 많은 것들이 생생하게 살아나 내게 말을 걸기 시작했습니다. 사유를 키우게 했습니다.

숲에는 숲만의 시간이 흐릅니다. 그것을 전문가들은 천이(遷移, ecological succession)라고 부릅니다. 벌거숭이산이 다시 깊은 숲이 되고 싶다고 해도 반드시 거쳐야 하는 단계적 시간이 있습니다. 먼저 볼품없이 작은 한해살이풀부터 두해살이풀, 여러해살이풀과 키 작은 관목들이 차례로 저마다의 시절을 살아내고 스러지고 또 다른 생명에게 자리를 내어줍니다. 그러고 나서야 마침내 소나무 같은 선구목(先驅木, pioneer tree)들이 키 큰 나무들의 시대를 시작할 수 있습니다. 한마디로 무수히 많은 생명들이 자신의 시절을 살아내고 물러가기를 반복하면서 숲은 깊어져가는 것입니다. 그것이 숲의 천이입니다. 아무리 신갈나무나 떡갈나무가 자신의 시대를 열고 싶어도 반드시 자기 이전의 시간과 경로를 거쳐야만 하는 곳이 숲이라는 자연인 것입니다. 눈을 치워 길을 내는 것도 이와 다르지 않습니다. 아무리 빨리 길을 내고 싶어도 건너뛸 수는 없습니다. 오직 한 발자국씩 흙빛을 되살려내며 길을 낼 수 있습니다.

대통령 선거가 끝나고 찾아간 어느 진보 성향 지역의 도서관 강연회에서 나는 많은 사람들의 눈빛에서 상실감을 느꼈습니다. 아마 그들이 투표한 인물을 당선시키지 못한 사람들이었을 것입니다. 이제 이 사회에는 지역갈등과 이념갈등도 부족해서 세대 간 갈등마저 증폭되는 기운이 감지되고 있습니다. 안타까운 일입니다. 나는 그들 모두에게 빗자루를 들고 눈 덮인 숲으로 오라 권하고 싶었습니다. 승리감도 패배감도, 획득감도 상실감도 모두 눈을 치우는 것과 같다는 것을 보여드리고 싶었기 때문입니다. 좌절한 마음에게 나는 숲에 흐르는 시간의 법칙, 눈을 치우는 시간의 법칙을 이야기합니다. 이를 통해 절망이 어떻게 물러가고 희망이 어떻게 등장하여 자라나는지를 그대는 느낄 수 있을 것입니다. 우리가 잊고 사는 그 시간의 법칙 말입니다.

이만하면
족하다

옷을 홀딱 벗고 욕실로 들어섰는데 따뜻한 물이 나오질 않습니다. 아침 기온이 영하 20도에 가까운데. 보일러 조작 장치를 보니 점검을 요구하는 표시에 불이 들어와 있습니다. 주섬주섬 옷을 다시 입습니다. 밖으로 나와 보일러실로 가봅니다. 이런! 난방유가 방금 똑 떨어진 모양입니다. 200리터 한 드럼을 가득 채운 게 한 달도 되지 않았는데, 이 숲에 오고 가장 추운 12월을 보낸 것이 맞나 봅니다. 온도에 따라 자동으로 가동되도록 보일러를 설정해두었으니 예년에 비해 이번 겨울에는 거의 두 배 빠르게 기름을 소진한 꼴입니다.

이 사태를 어떻게 해야 좋을까요? 산방은 지금 눈에 완전히 갇힌 상태. 길이 얼음판처럼 미끄러워서 지금은 사륜구동인 내 차도 올라올 수 없는 상황이니 등유 배달 차는 더더욱 올라올 방법이 없는 상황입니다. 최근 열흘 동안 눈을 쓸고 또 쓰는 날을 보냈지만 이틀이 멀다하고 내리는 눈을 당해낼 재간이 없었습니다. 낮 동안 쓸어서 길을 터놓고 잠들면 밤새 또 눈이 내리고, 어떤 날은 쓸고 돌아서면 다시 눈이 펑펑 쏟아지기도 했으니까요. 그래서 어제부터는 차가 다닐 수 있도록 바퀴가 밟을 자리를 따라 두 줄로 길을 뚫던 것을 사람이 다닐 수 있는 폭의 한 줄 길만 터놓는 방향으로 바꾸고 말았지요. 결국 저 눈이 다 녹기 전에는 난방유 배달 차를 오게 할 수는 없는 상황이 되고 말았습니다.

구들방에 넉넉하게 장작을 지펴 방바닥을 뜨끈하게 만들어 놓으면 잠이야 춥지 않게 자겠지만, 침실보다 너른 면적을 차지하는 거실과 주방, 욕실에 난방을 하지 않고 겨울을 보내는 것은 아무래도 무리입니다. 게다가 오늘은 3주 동안 집을 떠나는 딸 녀석을 배웅하기 전, 신년을 맞는 기념으로 영화도 한 편 보고 저녁도 함께 먹기로 했는데 난감한 상황입니다. 하는 수 없이 머리도 감지 못하고 집을 나섰습니다. 또 폭설이 쏟아집니다. 우선 오늘은 산방으로 돌아오지 않고 모처럼 가족과 하루를 묵기로 했습니다. 돌아오는 길에 두 말의 등유를 사서 올 작정입니다. 지게에 기름을 져서 올리면 당장 급한 냉기는 지울 수 있을 것입니다. 난방에 대한 걱정은 다 잊고 기쁜 시간을 보냈습니다. 돌아오는 길, 아내가 작은 보따리 하나를 건넵니다. 김치와 다른 반찬 두어 가지라 말하며 '무사하시라' 눈인사도 함께 보냅니다.

여우숲 입구에 차를 세우고 하루 사이에 또 쌓인 눈을 쓸어 길을 텄습니다. 겨울 해는 참 빠르게 떨어집니다. 해가 떨어지는 시간에는 낮 동안 마을로 내려갔던 바람을 숲이 다시 불러 올립니다. 겨우 장독대까지밖에 길을 트지 못했는데, 벌써 바람의 방향이 바뀌는 중입니다. 들어오면서 사온 등유 두 말 중 한 통을 서둘러 지게에 얹고 푹푹 눈을 밟으며 산방으로 올라왔습니다. 보일러실 기름 탱크에 기름 한 말을 쏟아부었습니다. 당연한 일이지만 유량 게이지에 별 반응이 없습니다. 그래도 보일러를 가동하자 부웅 소리를 내며 연소를 시작합니다. 지게를 세워놓고 우선 아궁이에 불을 지핍니다. 다시 지게를 지고 내려가 남은 기름 한 통을 단단히 얹었습니다. 아내가 챙겨준 반찬 보따리와 작은 책가방을 지게 끝에 꿰어 달았습니다. 돌아와 다시 기름을 붓고 아궁이에 장작 몇 개를 또 집어넣었습니다. 활활 타오르는 장작 불 앞에 앉아 시린 발을 녹이며 상념에 잠겼습니다. 추운 날이 계속되고 있으니 기름은 곧 다시 떨어질 것이고, 나는 기약 없이 기름을 지게로 져 날라야 할 것입니다. 이런 추세라면 눈을 치우는 일의 끝도 기약할 수 없을 겁니다.

하지만 이상하게도 나는 이 상황이 그리 나쁘게 여겨지지 않습니다. 종일 비질을 해대면 허리가 끊어질 듯 아픕니다. 다른 일을 할 시간을 내기도 어렵습니다. 기름을 통에 담아 지게로 져서 올려야 하는 상황도 낭만적이지는 않습니다. 그런데도 이상하리만치 이런 상황들이 암담하게 느껴지지 않습니다. 오히려 나의 내면은 '이만하면 족하지?'라고 묻습니다. 그러면 내가 또 히죽히죽 웃으며 대답합니다. '그래 이만하면 족하다. 족해. 패놓은 장작이 있어 다행이고, 물 데울 편리한 보일러가 있어 다행이고, 어둠 밝힐 전기가 아직 있으니 또 다행이다. 물이 얼

지 않아서 다행이고, 눈이 허리까지 쌓이지 않아서 다행이다.'

그렇습니다. 숲에 사는 즐거움은 이만하면 족합니다. 이 시대를 사는 우리의 불행이 모자람이나 불편에서 연유하지 않는다는 사실을 아는 사람들은 모두 이만하면 족함을 알 것입니다. 그대도 이만하면 족하다 싶은 나날 더 많이 만들기를 빌며, 여우숲에서 드립니다.

사람을 키우는 숲

실수

샤워를 하는데 물 닿은 어느 자리가 쓰라렸습니다. 살펴보니 왼쪽 정강이였습니다. 무릎 한 뼘쯤 아래 거기, 근육 없이 주로 뼈가 실체를 이루고 있는 부분에 감자만 한 크기의 멍이 보였습니다. 그러고 보니 올해는 정강이에 이런 상처가 유난히 여러 번 생겼습니다. 기억해보니 모두 겨우내 도끼질을 하면서 얻게 된 상처입니다. 도끼에 맞아 쪼개지는 장작개비가 순간적으로 날아와 때린 상처들이지요. 예년에는 이런 상처 한두 개 생기는 것도 흔한 일이 아니었는데 올해는 특히 상처가 많습니다. 장작을 패면서 그만큼 실수가 잦았던 탓이지요. 몇 년간 겨울마다 장작 패온 일이 새삼스럽거나 특별할 것도 없는데 왜 올 겨울에는 유독 실수가 많았는지 되돌아봅니다.

돌아보니 다 마음 탓입니다. 알맞은 크기로 자른 나무토막을 도끼를 써서 단박에 반으로 쪼개는 방법, 그러니까 마치 일도양단(一刀兩斷)의 경지를 구사하는 무사처럼 호쾌하게 장작을 팰 수 있는 원리는 의외로 간단합니다. 들어 올린 도끼의 날 끝에 온전히 힘을 모아 나무토막의 '한 살 자리'를 정확히 내리치는 것입니다. 나무에 새겨진 나이테는 살아온 햇수만큼 대략 동심

원을 이루고 있습니다. 그중 맨 안쪽 원이 바로 '한 살 자리'입니다. 나무가 태어나 첫해를 보낸 흔적이 나이테의 맨 안쪽에 기록되는 것이지요. 물론 살아 있는 나무가 그 부피를 키워가는 자리는 나이테의 가장 바깥 자리, 즉 나무의 껍질과 목질부 사이에 있는 '형성층'이라는 곳에서 이루어집니다. 따라서 바깥으로 나 있는 원일수록 나이를 더해온 자리인 것이지요. 나무는 제 성장의 흔적을 외면이 아니라 내면으로부터 기록하는 것입니다. 그런 면에서 나무는 안에서 밖으로 단단해져가는 생명이라 불러도 좋을 것입니다.

각설하고, 도끼질은 나이테의 중심, 즉 한 살 자리를 정확하게 내리쳐야 일타양단(一打兩斷)의 깔끔한 결과를 얻을 수 있습니다. 따라서 도끼질을 할 때는 고도의 집중력이 요구될 수밖에 없습니다. 하늘을 향해 들어 올렸던 도끼를 한 살 자리를 향해 빠르게 내리치는 그 순간 마음이 흐트러지면 일타양단을 이루기 어렵습니다. 뿐만 아니라 파편이 생기기도 하고 심한 경우 도끼가 내 힘의 제어를 벗어나기도 합니다. 결국 이번 겨울 나의 정강이에 더 많은 상처들이 맺힌 것은 내 마음이 자주 흩어졌다는 증거나 다름없습니다. 정강이에 새겨진 상처들은 모두 복잡한 내 마음이 빚은 흔적입니다.

샤워를 마치고 물기를 닦은 뒤 거실에 앉았습니다. 샤워할 때 쓰라렸던 자리를 자세히 보니 살점이 살짝 떨어져 나간 부위가 있었습니다. 연고를 바르는데 갑자기 아버지께서 두 아들에게 처음 도끼질을 가르쳐주시던 때가 떠올랐습니다.

"이렇게 잡는 거야. 두 손으로. 어깨 위, 하늘을 향해 들어 올린 뒤 나무의 중심부를 정확히 겨냥해야 돼. 그리고 힘을 실어 단호하게 내리친다. 파악! 이렇게."

신기하게도 나무는 반으로 쫙 갈라지며 두 도막으로 변했습니다.

"너희도 할 수 있겠니?"

아버지의 질문 같은 권유를 받자마자 나는 형보다 앞서 얼른 도끼를 빼앗듯 받아들었습니다. 얼른 해보고 싶었습니다. 내가 엉거주춤 어설프게 도끼를 들어 올리고 서자 아버지께서 동작을 멈추게 하시고 말씀을 이었습니다.

"명심할 게 있어. 잘못하면 다쳐. 많이 아파. 심지어 도끼로 발등을 찍거나 정강이를 때릴 수도 있어. 아버지가 하는 걸 잘 보고 굵은 나무부터 연습해서 감각을 익혀봐."

나는 그날부터 장작 패는 일에 흥미가 생겨 형과 함께 매일 조금씩 톱으로 나무를 잘랐습니다. 긴 나무를 작은 토막으로 잘라야 도끼질을 할 수 있으니까요. 그 후 아버지와 형의 모습을 모방하며 나만의 도끼질 방식을 익혔습니다. 그러는 사이 숱한 실수가 있었고 그만큼의 아픔도 몸에 기록되었습니다. 이후 장작이 연탄으로, 연탄이 기름으로 바뀌며 장작이 연료로서의 지위를 잃게 되자 도끼를 잡을 일은 사라졌고 내 몸도 그것을 잊었습니다.

하지만 귀농하고 첫해 겨울, 다시 도끼를 잡았을 때 놀랍게도 내 몸은 유년의 경험적 터득을 고스란히 재현해냈습니다. 며칠 만에 금방 일타양단의 경지에 이를 수 있었습니다. 실수하며 겪은 상처만큼 도끼질 할 때 실수하지 않는 방법을 몸은 기억하고 있었던 모양입니다.

하여 나는 자라나는 아이들에게 그냥 도끼 자루를 쥐어주고 싶습니다. 장작이 방구들을 얼마나 따뜻하게 하는지 느끼게 하고, 장작을 패는 일이 그래서 참 중요하다 알게 하고는, 직접 도끼질을 보여주고 싶습니다. 나무의 크기와 종류, 모양새에 따라 어떤 녀석은 패기가 수월하고 어떤 녀석은 씨름을 해야 겨우 장작으로 만들 수 있다는 것을 스스로 알아가게 하고 싶습니다. 제 근육을 써가며 때로 실수하고 그래서 상처도 얻어가며 도끼질 하는 방법을 익혀가는 것이지요. 그것이 삶이요 공부임을, 실수가 사람을 성찰하게 하고 성장하게 하는 큰 힘임을 스스로 알아가게 하고 싶습니다. 나의 아버지가 그러하였듯 말입니다.
　그대도 너무 불안해하지 않길 바랍니다. 어쩌면 가장 강력한 배움은 실수해보는 것 아니겠어요? 잘 생각해보세요. 그대가 가진 높다란 삶은 지혜는 어디에서 왔는지.

누구에게서도
위로를
얻을 수 없을 때

딸 녀석과 단 둘이 만났습니다. 딸의 열여섯 번째 생일을 축하하기 위해서였습니다. 몸이 좋지 않은 아내는 외출을 할 수가 없었고 그러다보니 정말 오랜만에 딸과 단 둘이 시간을 갖게 되었습니다. 우리는 오후에 만나 가볍게 쇼핑을 하고 저녁을 먹었습니다.

　숲으로 떠나온 지 어느새 수년이 지났고, 함께 살지 않은 시간만큼 부녀지간에는 어쩔 수 없이 서로 알 수 없는 시공이 생겼습니다. 서로를 그리워하는 모든 이들의 해후가 그러하듯 우리는 분리되어 있던 일상을 미주알고주알 드러내어 나누고 싶어 했습니다. 하지만 몇 시간 동안 함께 시간을 보내는 정도의 노력만으로는 메울 수 없는 부재의 간극이 존재했습니다. 내가 숲으로 떠나와 사는 동안 가장 안타깝게 느끼고 아비로서 미안하다 여기는 것이 바로 이 부분이었습니다.

그래서였을까요? 부녀끼리만 만난 그 시간은 좀 더 소중하고 특별했습니다. 그날 나는 딸에게 엄마와만 나눌 수 있는 이야기가 있듯, 아빠와만 나눌 수 있는 이야기도 있다는 것을 새삼 느

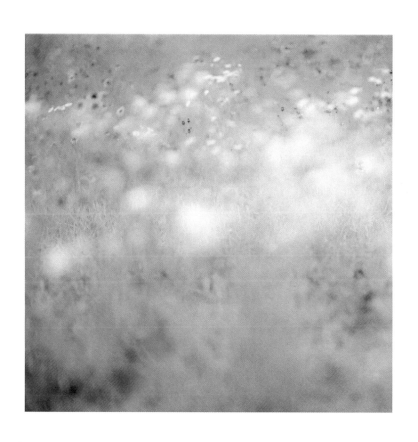

졌습니다. 딸은 생각했던 것보다 훨씬 훌쩍, 놀라울 만큼 마음이 커 있었습니다. 녀석은 아빠와 단둘이 갖는 오랜만의 시간을 기뻐하는 눈치였습니다. 우리는 늘 그랬듯 손을 잡고 걸었고 자리를 옮겨 가는 차 안에서도 잡은 손을 놓지 않았습니다. 차 안에서 나는 딸에게 요즘 아비가 어떤 관심을 가지고 있고 어떤 곳에 가서 강의를 하고 어떤 사람들과 만나며 지내는지 굵직한 기억들을 들려주었습니다. 그리고 딸은 어떻게 잘 놀고 있는지 일상과 이야기가 궁금하다고 물었습니다. 하루하루는 재미있는지, 학교생활은 어떤지 아비가 함께 나눌 수 없는 일상이 전부 궁금하다는 눈빛을 보냈습니다. 딸은 학교와 일상, 친구들에 관한 이야기를 가볍게 툭 던지더니 뜻밖에 자신이 요즘 어떤 고민을 하고 있다고 털어놓았습니다.

녀석은 친구들과 제법 잘 어울려 지내고 있지만, 그 속에는 항상 외로움이 함께 뒤따른다는 어려운 속내를 비쳤습니다. 대강 이런 이야기였습니다.

'친구들 대부분은 연예인 이야기나 TV 프로그램 이야기, 선생님 흉보기 따위로 쉬는 시간을 보내고 있다. 절대 다수의 친구들이 갖는 관심사를 공유하지 않으면 고립감을 느끼게 되므로 스마트폰을 소유하지 않은 자신은 매일 10여 분씩 집에서 별도로 인터넷 검색을 한다. 검색을 통해 친구들에게 무리 없이 호응하고 어울리며 학교생활에 섞이고 있지만, 정작 깊은 이야기를 나눌 대상을 찾을 수가 없어 외롭다. 삶이 무엇인지,

세상은 왜 배우는 것과 달리 부조리가 많은지, 사람의 마음은 왜 저마다 다른 모양새이고 또 그것은 종종 비상식적으로 충돌하는지…….'

사춘기를 막 통과하고 있는 딸이 그 시절에 품을 수 있는 철학적 질문을 공유할 친구를 아직 갖지 못해서 외롭다는 것이었습니다. 스마트폰에 푹 빠져 노는 친구들의 관심과 거기에서 비롯된 지극히 표면적이고 단편적인 이야기에 맞장구를 치는 것은 또래집단으로부터 고립되지 않기 위한 선택일 뿐, 자신의 내면은 쓸쓸하다는 것이었습니다.

나는 아직 소녀인 내 딸이 느끼고 있는 외로움이 어떤 느낌일지 금방 이해할 수 있었습니다. 나 역시 이미, 그리고 지금도 종종 그런 외로움을 느끼며 살고 있으니까요. 도시에 살 때 나는 빠르고 화려한 일상 속에서, 혹은 훈련된 지성과 교양을 나누며 관계하던 대중 속에서 외로움을 느꼈습니다. 깊은 교감 대신 형식이 지배하는 관계, 세상에 의해 이미 기획되고 주어진 길을 따라 얼마나 잘 살고 있는지를 내보이려는 증거들, 차가운 분별과 판단을 바탕으로 한 훈련된 웃음……. 나 역시 그 사정들과 깊이 불화해왔던 사람이니 딸이 겪고 있는 불화와 거기서 비롯된 외로움이 어떤지 공감이 되었습니다. 그러고 보면 피는 참 무섭습니다. 녀석의 얼굴뿐 아니라 심성도 아비의 그것과 진하게 닮은 구석이 있으니 말입니다.

그렇다면 누구에게도 위로를 얻을 수 없을 때, 나는 어디에서 위로를 얻어왔던가요. 그 곁도는 일상의 허허로움을 어떻게 걷어치우고 충만한 하루하루를 만날 수 있었던 걸까요? 생각해보니 내가 위로를 얻는 대상은 크게 셋이었습니다. 가장 큰 존재는 역시 숲과 자연, 다른 하나는 책, 또 다른 하나는 나 자신이었습니다.

나는 우선 딸에게 지금 자신이 가지고 있는 문제의식과 외로움이 참 귀한 것이라고 말해주었습니다. '세상은 이미 기획해놓은 보통을 당연한 것으로 받아들이라 개인에게 요구한다. 그리고 늘 보통의 걸음으로 대중과 오와 열을 맞추어 걷기를 강요한다. 거기에서 벗어나거나 조금이라도 다르게 걸으면 패배자 취급을 하거나 악하다는 누명을 씌운다. 하지만 조물주는 인간이 살고 죽는 것만을 기획했지 어떻게 살 것인가는 정해두지 않았다. 어떻게 살지는 철저히 '나'의 선택에서 출발한다. 부모에서 출발하는 것도, 국가나 이데올로기, 유행 따위에서 출발하는 것도 아니다. 모든 생명은 각자의 다름을 스스로 펼쳐내어 다양한 빛깔과 향기, 크기로 빛나야 하는 존재들이다. 그러니 또래의 보폭을 따르지 않아 외로워지는 것은 오히려 얼마나 값진 일이냐?'

나는 일시적으로 찾아온 그 외로움을 극복하는 데 도움이 될 만한 현실적인 이야기 몇 가지를 더했습니다. 누구에게도 위로를 얻을 수 없을 때 책을 읽으면 어떻겠느냐고, 우선은 동류의식을 지닌 아비와 더 자주 만나면 어떻겠느냐고. 자라며 환경이 바뀌면 자연스레 새로운 인연들을 만나게 될 것이고 그중에 동류의식을 느끼게 될 사람도 꼭 찾아올 것이라는 위로를 건네면서. 딸은 조금 위로를 얻었는지 흔쾌히 그러고 싶다고 했습니다.

절망하고
이민을 떠나는
그대에게

지난 대통령 선거일에 결정했다고 했지요? 이 땅을 떠나서 사는 방법, 이민을. 이 나라의 상식이 너무 암담해서 이 나라에서는 더 이상 그대 아이들을 키우고 싶지 않다며 그대 부부가 내린 결정이라고 했어요. 교육자인 그대가 그렇게 판단했다면 그때까지 그대 얼마나 뜨겁게 속을 끓여왔을까요? 그대가 얼마나 정직하고 정의로운 사람인지는 이미 내가 느끼고 있으니 그 결정의 맥락은 이해할 수 있을 듯합니다.

그대는 십여 년 전에 그린 그림을 내게 건넸습니다. 그 그림이 정말 마음에 든다고 자신에게 줄 수 없겠느냐 물었던 스승의 간청에 거절을 한 후, 누구에게도 공개한 적이 없다는 작품을 그대는 내게 기꺼이 주고 떠나겠다고 했습니다. 포장을 뜯고 그림을 찬찬히 살펴보면서 나는 깜짝 놀랐습니다. 정말 놀랐습니다. 검은 바탕에 시뻘건 물감을 어떻게 뿌려 이렇게 표현한 걸까요? 나는 그대 작품을 보고 우주가 탄생하는 모습 같다는 생각을 했습니다. 137억 년 전의 빅뱅! 우주가 막 터지기 시작한 순간처럼 느껴졌는데, 더 자세히 보니 마치 누군가를 잉태하고

있는 자궁을 표현한 듯도 했고…… 녹이 슬어가고 있는 것처럼
보이는 침 핀과 붉은색 실을 재료로 더하여, 아프지만 새롭게
태어나는 누군가의 모습을 드러내는 것처럼 느껴졌어요. 그대
는 내가 기괴하다 여길까 염려하여 작품을 주는 일을 망설여왔
다고 했지만, 나는 이 그림이야말로 그대의 열망을 가장 잘 표
현한 작품이라고 생각하며 감탄했어요. 언젠가 그랬지요? 누
군가에 의해 삶이 주어지는 것이 아니라, 스스로 자궁을 열고
태어날 수 있으면 좋겠다고. 너무 뜨거워 보이는 주체성이 그
대 그림에서 고스란히 느껴졌습니다.

그대의 삶이 품은 실존적 욕망과 가치가 더없이 강렬하게 다가
와서 정말 좋았습니다. 하지만 이내 슬퍼졌습니다. 삶을 향한
열망이 얼마나 커다란 절망으로 바뀌었으면 이곳의 바람과 흙,
하늘, 그대를 키워낸 남쪽 바다, 그리고 모든 인연을 뒤로 하고
이민을 결정했을까요? 그대에게 대선은 틀림없이 그저 하나의
상징에 불과하겠지요. 아이들을 만나고 가르쳐온 교육의 현장
에서도 그대는 너무 자주 절망했겠지요. 입시를 중심으로 흘러
가는 학교 체제에서 미술 선생님으로서 그대가 입었을 무기력
감을 나는 감히 짐작합니다. 적당히 침묵하거나 적당히 타협하
지 못하는 그대 성정은 평범을 미덕으로 여기는 사람들에 의해
서 또 얼마나 많이 왜곡당했을까요? 작가의 세계관에 반드시
포함되어야 할 창의와 정직, 아름다운 세상을 열망하는 눈은 얼
마나 자주 실명의 위기에 놓였을까요?

그림을 선물한 지 얼마 지나지 않아 모든 짐을 싸서 해운 화물에 맡겼다 했으니 이제 그대는 정말 돌이킬 수 없이 떠나는군요. 하지만 나는 왜 기쁘게 축하할 수가 없으며, 왜 자꾸 마음 한구석이 아려오는 것일까요? 그래도 이 나라는 살 만한 곳이라며 다양한 증거를 내세워 그대를 설득하지 못하는 내 지성이 졸렬하고 무기력하기 때문일까요? 빛나는 재능과 정직한 열정을 품은 선생님 한 분을 이 나라에 잡아두지 못하는 안타까움 때문일까요? 저 뜨거운 그림만 이곳에 남고 작가는 멀리 가버린 쓸쓸한 시간이 불편해서일까요?

모르겠습니다. 하지만 조금만 더 일찍, 되돌릴 시간 있는 때에 그대의 결정을 알았더라면 꼭 말해주고 싶은 것이 있었습니다. 그대의 절망을 이해하지만, 그래도 여기 있기를 바란다는 말. 바라는 세상이 있다면 그것을 이루기 위해 뜨겁고 정직한 사람들이 감내해야 하는 역할과 시간이 있는 것이라는 말. 일제강점기의 절망 속에서도 은밀하게 우리말을 가르치는 선생님들이 있었다는 말. 더 부자유하고 더 불평등하고 더 비민주적인 시대에도 자유와 평등, 정의와 민주를 위해 자신이 자리에 서서 시대를 건너온 사람들이 있었다는 말. 무엇보다 세상은 대통령 한 사람 바꾼다고 바뀌는 것이 아니라는 말. 더 중요한 것들이 바뀌어야 한다는 말. 그대가 향하는 나라의 사회체제가 지금의 자유, 지금의 민주, 지금의 평등을 완성하기까지 몇 세대가 아팠고 또 몇 세대가 절망했으며, 또 몇 세대가 맞서왔을

지 헤아려보라는 말.

너무 늦어버린 이 말들은 그대에게 닿지 못하고 모두 맥없이 흩어질 것을 압니다. 하여 그저 몇 마디, 기도 같은 부탁만 하겠습니다. 부디 기쁘고 건강하시길. 그대 절망에 갇힌 뜨거움이 보석 같은 그림으로 승화되도록 멈추지 말고 계속 그리시길. 혹시라도 그곳에서 너무 외롭고 견딜 수 없다는 생각이 들거든 내 충고의 말을 잊지 말고 이곳으로 돌아오시길. 다시 절망 위에 두 발을 딛고 새롭게 맞서는 삶을 시작하시기 빕니다. 절망하고 이민을 떠나는 그대 부디 안녕!

빛과 그림자,
박리될 수 없는 것들

어느 강연 자리에서 청중에게 물었습니다. "행복해지고 싶으세요?"

대부분의 청중이 그렇다고 대답했습니다.

내가 다시 물었습니다. "우리 삶이 행복하려면 무엇이 필요한가요?"

여기저기서 이런저런 단어들이 들려왔습니다. 돈, 건강, 시간, 열정, 가족, 일……

이제 당신 차례입니다. 당신이 생각할 때 빠진 단어가 있다면 무엇인가요?

잠시 후 나는 작년까지 농사 친구였던 토종벌통 사진을 보여주며 다른 질문을 던졌습니다. "저의 벌 농사입니다. 저는 꿀을 먹고 싶어서, 혹은 꿀을 팔아 돈을 벌기 위해서 벌 농사를 지어왔습니다. 자, 제가 꿀을 얻으려면 이제 무엇이 필요할까요?"

청중이 여기저기서 한마디씩 대답했습니다. 벌, 꽃, 오염되지 않은 자연환경……. 마지막으로 어느 한 분이 한마디를 던졌습니다. "하늘의 도움, 비가 많이 오지 않는……."

이제 당신 차례입니다. 당신이 생각할 때 빠진 단어가 있다면 무엇인가요?

다시 생각해보겠습니다. 꿈을 얻으려면, 혹은 행복한 삶을 이루려면 무엇이 필요할까요? 대부분의 사람들은 위에 나온 단어 같은 외부의 조건을 떠올립니다. 한데 정작 중요한 한 가지에 대한 인식이 결여되어 있습니다. 물론 '일체유심조(一切唯心造)'처럼 오직 마음이 중요하다는 이야기를 하려는 것이 아닙니다. 물론 그 또한 중요하겠지만 자칫 결핍과 분노의 철학적 가치를 잃고 지나친 긍정의 심리학적 폐해로 귀결될 수 있는 사유이기 때문입니다.

내가 강조하려는 것은 '그림자의 생래성(生來性)'입니다. 행복이 빛이라면 그것에는 그림자라는 어둠이 항상 함께 존재하는 것을 알아야 한다는 것입니다. 우리는 어두운 곳에 있는 나를 불행하다 여기며 밝은 곳에 있다는 행복을 향해 가려 합니다. 자, 이제 돈, 건강, 시간, 열정, 가족과 일 따위가 있는 밝은 곳을 향해 서볼까요? 좋은가요? 예, 좋지요. 하지만 또한 무엇이 있나요?

해를 바라보는 순간 나를 향해 쏟아지는 햇살은 눈이 부십니다. 똑바로 바라보다가 자칫 실명할 수도 있습니다. 또한 빛을 마주하면 반드시 그림자가 생기고 피사체는 그 그림자를 끌고 다녀야만 합니다. 꿈을 얻는 것 역시 마찬가지입니다. 꿈을 얻으려 벌통에게 다가설 때는 벌에 쏘이는 것을 각오해야 합니다.

늘 그런 것은 아니지만 꿀을 얻기 위해서는 한 해에 몇 번씩은 벌에 쏘이게 됩니다. 벌침이 박히고 쏘인 자리가 곧 퉁퉁 부어올라 욱신거리며 몸의 일부가 일그러지기도 하지요.

그래서 나는 청중들에게 말합니다.
"행복해지려 하지 마세요. 행복은 허구인지도 몰라요. 살아온 시간 전체를 100시간으로 환산해보세요. 그중 절대시간으로 몇 시간이나 행복했는지 가만히 생각해보세요. 한 시간이나 되던가요? 행복을 이데아나 신기루로 삼는 오늘날의 관념이 우리를 불행하게 만들어요. 어떤 나무가 꽃을 피우면 우리는 그것을 보고 감탄합니다. 사람들에게는 빛나는 순간만을 행복의 절정처럼 여기는 무의식이 있는 것 아닌가 싶어요. 하지만 잊지 말아야 해요. 꽃은 그냥 피지 않아요. 이른 봄꽃은 반드시 겨울을 통과해야 해요. 엄혹한 북풍과 한설의 시간을 견뎌낸 꽃눈만이 개화할 수 있어요.

그 세월을 견디고 드디어 꽃이 피면 나무는 정말 행복할까요? 천만에요. 열매로 바뀌지 못하면 피어난 꽃은 허사지요. 벌과 나비를 불러 모아 꽃을 열매로 맺게 하는 시간은 얼마나 분투하는 시간인데요. 그러면 드디어 꽃이 열매로 바뀌면 행복이 도래한 걸까요? 천만에요. 씨앗으로 성숙하지 못하는 열매는 역시 허사지요. 열매를 지키고 그것을 퍼트리기까지 얼마나 많은 강풍과 폭우의 위험을 견뎌야 하는데요. 그러면 씨앗으로 바뀐 열매는요? 그것 역시 발아하지 못하면 허사지요. 드디어

발아한 씨앗이라면?

자, 여러분도 그렇게 발아하여 태어난 존재입니다. 살아보니 어떻던가요? 삶이 정말 찬란한 빛으로 채워진 시간이던가요? 아니라는 것 다 아시잖아요! 그렇다면 행복은 어디에 있는 걸까요? 살아보니 고통을 빗긴 자리에 행복이 따로 있는 것이 아니었어요. 잘 생각해보세요. 내가 꿀을 뜨기 위해 벌에 쏘이고, 나무가 꽃을 피우고 열매 맺고 씨를 퍼트리기 위해 지나온 시간, 과연 그 분투의 시간들은 그림자의 시간이고 불행의 시간인 것일까요?

아니에요. 그 역시 삶의 기쁜 시간인 것을 알아채야 해요. 그 사실을 깊게 자각하고 받아들여야 해요. 행복은 저기에 있지 않아요. 과거나 미래에 존재하는 것도 아니고요. 행복은 밥 한 끼를 온전히 대하고 누리며 먹을 줄 아는 사람에게는 별로 이슈가 되지 않아요. 지금 숨 쉬는 것을 알아채고 기뻐할 줄 아는 사람에게 행복은 숨과 같지요……."

서양적 사유의 행복론은 우리를 얼마나 피로하게 만들고, 행복으로부터 멀어지게 할까요. 요즘 나는 불행과 행복을 이분(二分)하고 불행의 시공간에서 행복의 시공간으로 건너가는 전략과 비법을 사유하고 있습니다. 빛과 그림자는 박리될 수 없습니다. 꿀과 통증도 박리되기 어려운 것입니다. 봄이 겨울과 박리될 수 없듯이. 그래서 참된 삶이란 그 모든 순간을 마주하는 것, 끌어안는 것입니다.

"

꽃은 그냥 피지 않아요.
엄혹한 북풍과 한설의 시간을
견뎌낸 꽃눈만이 개화할 수
있어요.

"

숲에 피는
저 눈물겨운 감탄

남원을 거쳐 지리산 구룡계곡을 거슬러 올랐습니다. 지리산의
숲이 빚어내는 녹음은 가히 대단했습니다. 사실 지리산 숲만
그런 것은 아닙니다. 어느 숲이든 그렇습니다. 숲에 사는 나무
들은 스스로 푸르러지고 짙어질 줄 압니다. 우리 인간들이 그
저 잡초라고 부르는 풀들도 스스로 꽃 피울 줄 압니다. 새 역시
스스로 날고 제 삶을 꾸릴 줄 압니다. 지렁이와 개미, 거미와 나
비, 나방과 지네조차 모두 제 힘으로 살 줄 압니다. 어떤 인위
도 없이 무위하나 무불위한 경지에 이르는 노자 선생 말씀 속
의 도(道)가 틀림없이 저 숲, 생명들의 운행 속에도 버젓합니다.
그래서 그 생명들 모두 위대합니다. 그래서 숲은 인간에게 스
스로 사는 법과 길을 가르치는 학교입니다.

　하지만 우리에게 가르침이 모자라 우리 삶의 주인 자리를 놓
치고 있는 것은 아닙니다. 가르침과 만날 눈이 열리지 않은 사
람에게는 그 어떤 깊은 가르침도 액자 속 풍경을 벗어나지 못
합니다. 저 놀라운 숲의 가르침을 만나기 위해 가장 중요한 것
이 바로 가르침을 마주할 참된 눈을 여는 일입니다.

　참된 눈을 열면 숲으로부터 아주 많은 삶의 비밀들을 만날 수

있습니다. 내가 왜 태어났는지부터 무엇을 향해 욕망과 꿈이 뻗어가고 있는 것인지, 어떻게 해야 내 꽃을 피우고 열매를 맺으며 어떻게 해야 내 하늘을 열 수 있는지, 그 과정에서 만나는 고난과 상처는 어떻게 다루고 넘어서야 하는지…… 삶과 관련한 비밀스러운 사태들을 꿰뚫어 마주할 수 있습니다. 그 사태를 꿰면 만물의 영장이라고 떠벌리면서도 삶의 시절마다를 쩔쩔매는 우리 삶이 한결 간단해집니다.

가르침을 마주할 눈을 뜬 사람은 바위를 뚫고 자라는 소나무 한 그루만 보아도 압니다. '아, 삶이 얼마나 불완전하게 시작되는 것인가? 모든 것을 갖추고 시작하는 삶이 어디에도 없구나. 삶이 본래 불완전한 것이구나!' 사태를 깊이 터득하고 나면, 불완전함을 끌어안고 그것을 넘어서고자 분투하는 것이 모든 생명에 주어진 과제이고 욕망임을 알게 됩니다. 삶의 본질 중 하나가 결국 자기극복의 과정임을 아는 것이죠.

가르침의 눈을 열어 숲을 마주하면, 삶의 더 깊은 본질이 확다가섭니다. 생명 하나하나마다 품어온 눈물겨운 '선택'과 '도전'을 확연히 보게 됩니다. 이른 봄날 앵초가 숲의 낮은 자리에서 분홍색 꽃 한 송이를 피우기 위해 어떻게 늦추위를 넘어서는지, 화살나무는 왜 스스로 화살 날개 같은 코르크를 가지에 단꼴로 살고 있는지, 왜 숲에는 봄꽃보다 여름꽃이 더 많이 피고 국화는 왜 상강(霜降) 그 찬 서릿발 속에서 피어야 했는지…… 결국 온 생명을 관통하는 삶의 본질 중 하나가 자기의 한계를 넘어서야 하는 자기극복의 과정이며 끝없는 도전의 연속임을

알아채는 것이지요.

또 그 도전 속에서 생명들은 저마다 얼마나 많은 '창조'의 과정을 거치던가요. 창조를 통해 자기의 불완전을 넘어서고 꿈을 결실로 이루어내고 모습을 보면 저절로 감탄하게 됩니다. 이를테면 지금 내가 여기 지리산 구룡계곡 숲 가장자리에서 마주하고 있는 산수국만 해도 그렇습니다. 녹음 가득한 여름 숲에서 좁쌀 크기 정도밖에 안 되는 제 꽃을 드러내기가 쉽지 않은 산수국은, 보잘것없는 꽃을 벌들에게 내보이려고 한껏 용을 쓰고 있습니다. 우선 좁쌀만 한 꽃을 따로 피워서는 드러내기 어려우므로 꽃들을 촘촘하게 모았습니다. 모아 피는 것만으로는 위태로웠는지 진짜 꽃 바깥쪽으로 진짜 꽃 크기의 수십 배나 되는 하얀 빛깔 헛꽃을 만들어냈습니다. 산수국은 스스로의 미약함을 알고 넘어서는 새로운 방법을 창조해낸 꽃입니다. 이것이 얼마나 위대한 창조인지, 눈을 열고 숲을 대할 줄 아는 사람은 자신의 삶 역시 창조의 과정일 수 있음을 배우게 됩니다.

숲이라는 치열한 세상에서 자기 자리를 지키며 살아남고, 결실 이룬다는 것은 그렇게 모두 눈물겹습니다. 모든 생명의 생존은 그래서 눈물겨운 감탄입니다. 풀 한 포기, 꽃 한 송이의 삶이 모두 그렇게 자기의 한계를 넘어서며 제 길을 갑니다. 지리산 구룡계곡을 걷고 있는 지금 저들이 내게 자꾸 말을 겁니다. '너의 삶도 감탄이 되기를, 눈물겹더라도 기필코.'

함께
깊어질 줄 아는
숲의 비밀

화순에 다녀왔습니다. 화순공공도서관에서 매달 열리는 인문학 서당에 강사로 초대받았기 때문입니다. 도서관은 아담했지만 도서관다웠습니다. 커다란 느티나무나 깊은 정원이 있지는 않았습니다. 지은 지 오래되지 않아서 일겁니다. 시험이 끝났는데도 열람실에는 학생들이 들어앉아 책을 읽고 있었고, 밥때임에도 몇몇 어른들이 서가를 서성이고 있었습니다.

　작은 강연장은 가득 찼습니다. 시험이 끝난 아이들과 함께 참석한 고등학교 선생님도 있었고, 군의 교육문제를 고민하는 교육개혁가라고 자신을 소개한 분도 있었습니다. 여든 세가 가까워 보이는 어르신도 꼿꼿이 앉아 세 시간 가까운 강의를 들어주셨습니다. 어린 학생들도 정말 훌륭했습니다. 내가 겪어본 그어느 집단과 연령, 대상보다도 자유롭게 사유할 줄 아는 아이들이었습니다. 물으면 무엇이든 대답이 멈추지 않았습니다. 고등학생쯤 되면 질문에 대답을 잘 하지 않는 것이 강의장의 일반적인 풍경인데, 화순의 아이들은 달랐습니다. 재기발랄하고구김이 없었습니다. 엉뚱한 대답이 쏟아질 때마다 우리는 파안대소했고, 나는 아낌없는 칭찬을 보냈습니다. '아, 여기에 숲이 있구나. 사람이 이루어가는 작은 숲이 있구나.' 생각했습니다.

숲에는 누구도 비료나 농약을 주지 않습니다. 그런데도 숲은 저절로 푸르러집니다. 볼품없이 작은 지의류나 풀뿐인 맨땅에서 시작하나 세월이 지날수록 저절로 깊어집니다. 더 다양한 풀과 나무가 생겨나 점차 더 넓고 높은 공간이 숲으로 변해갑니다. 아주 작은 벌레에서 시작해 나비와 나방, 아주 많은 벌의 종류로, 작고 큰 새들로 동물들도 다양해집니다. 누구도 숲이 그래야 한다는 이데올로기를 세운 적이 없는데, 숲은 어김없이 그렇게 깊어가고 풍성해집니다. 나는 그 비밀이 무엇인지에 주목해왔고 여전히 주목하고 있습니다. 그 원리를 알아 인간의 삶과 사회에, 문화에 차용하는 것을 연구의 한 축으로 삼고 있습니다.

그동안 알아챈 핵심 비밀의 하나를 말하자면 그것은 "Alone, but not alone"입니다. 홀로이지만, 홀로이지 않은 삶. 나를 위해 살지만 결코 나만을 위해서 살지는 않는 숲의 생태를 표현하려 내가 만든 말입니다. 자기를 위해 피운 꽃이 꿀과 꽃가루를 나누어 열매로 바뀌는 모습. 자기를 위해 피어낸 잎사귀가 낙엽이 되어 땅을 뒤덮고 퇴비로 변하는 모습. 한 생명의 온전한 죽음을 통해 숲 토양의 비옥도가 높아지고, 그 토대 위에서 새로운 생명이 창발적으로 터지고 확산되는 모습. 그 관계와 순환의 공평함이 바로 숲의 핵심 비밀 중 하나임을 안 것입니다. 내가 사는 괴산에도 도서관이 하나 있지요. 커다란 느티나무가 입구에 서서 책과 사람을 기다리는 곳입니다. 하지만 시설이 많이 낡았고 책도 부족하여 사람의 발길을 붙드는 매력은 크게 없는 공간입니다. 내가 보기에 괴산군은 아직 경제적 성장을 가장 중요한 지향으로 삼고 있는 것 같습니다. 숲에 커다란 나무들을 먼저 심어두면 그 나무의 꽃과 낙엽이 숲을 깊어지게 할 수 있다고 여기는 사고방식으로 견주어볼 수 있습니다. 재벌 중심의 경제체제를 통해 '낙수효과'를 누린 한국의 성장방식과 다르지 않은 패러다임인 셈이지요.

그러나 이 방식은 반드시 성장 한계에 다다르게 되어 있습니다. 낮은 공간을 지켜가는 키 작은 나무와 풀들 없이 키 큰 나무들로만 구성된 숲은 결코 깊어질 수 없습니다. 숲 생태계를 살펴보면 낮은 공간을 이루는 생명들이 담당하는 역할 역시 넘치도록 많습니다. 우선 그들이 있어 숲이 생산한 낙엽이 숲 바깥으로 흩어지지 않습니다. 낙엽이 퇴비로 변해 새로운 생명을 키우는 되먹임(feedback)이 지속되어야 숲의 토양 전체가 비옥해집니다. 또한 그들이 있어 다양한 동물들이 숲을 찾아옵니다. 낮은 곳에서 자라는 열매는 그것을 좋아하는 동물들을 부르는데, 그중에는 큰 나무들의 열매가 부를 수 없는 동물들이 있습니다. 숲을 찾아온 동물들은 자연스레 이쪽과 저쪽의 씨앗을 실어 나릅니다. 인간의 언어로 치면 교역이 늘어나는 것이지요. 이 과정에서 숲을 이루는 생명의 다양성은 당연히 증가합니다. 키 큰 나무들은 특정 계절만의 생산을 담당했지만, 숲에 사는 생명이 다양해지면 계절마다 생산이 가능해집니다. 그

결과 선호하는 계절이 각각 다른 생명체들이 철따라 숲으로 들어오게 됩니다. 조금씩 깊어져가던 숲에는 어느 순간 생명 다양성이 비약적으로 증가하는 순간이 옵니다. 존재하지 않던 생명들이 터지듯 생겨나는 창발(創發)의 순간이 도래하는 것입니다.

창의를 넘어 창발이 터지는 순간이 와야 숲은 진정으로 깊어집니다. 창발은 토대를 살찌우는 되먹임이 있어야 가능하고, 다양함과 자유함이 흘러야 가능합니다. 모든 꽃들이 그러하듯 '홀로이지만, 오직 저만을 추구하지 않는' 삶과 경영의 패러다임으로 열려 있을 때야 그것이 가능합니다. 특정한 종이 다른 종의 유입을 가로막고 공간을 독점하고 있는 숲은 실로 단순한 모양을 하고 있습니다. 단순한 숲은 불확실성 앞에 놓일 때 큰 위험을 맞습니다. 태풍이나 비, 갑작스러운 기후변화, 병충해 등이 찾아올 때 그것에 저항할 수 있는 다른 종이 없기 때문입니다. 피해를 입어 균형이 깨졌을 때 그것을 다시 복원할 수 있는 힘이 아주 낮습니다.

인간의 세상을 관통하는 이치 역시 이와 다르지 않을 것입니다. 정치나 경제, 사회나 문화 영역에서 다양성이 말살된 체제는 외부로부터 찾아오는 불확실성이 커질 때 단순한 숲이 겪게 되는 위험을 똑같이 마주하게 될 것입니다. 그것이 함께 깊어질 줄 아는 저 숲의 비밀을 깊게 살펴봐야 하는 이유입니다.

숲이 학교다

아주 맑은 기운이 느껴지는 그 프랑스인은 자신을 '요한'이라
고 소개했습니다. 그에게는 한국인 아내, 그리고 둘 사이에서
태어난 어린 아들이 있었습니다. 부부는 그를 '레오'라고 불렀
습니다. '사자'를 뜻하는 어원에 바탕을 둔 이름이라고 했습니
다. 여섯 살 꼬마인 레오는 예쁘고 밝은 아이였습니다.

부부는 근처에 여행을 왔다가 '여우숲'이라는 간판을 발견
하고 우연히 들렀다고 했습니다. 나는 그들을 위해 드립 커피
를 만들어 내주었습니다. 나는 프랑스 남자와 그 가족이 궁금
했고, 우리는 한가로운 오후 숲 머리에 앉아 커피 향을 나누며
이야기꽃을 피웠습니다. 요한에게 "당신의 고향 프랑스에서는
몇 살부터 철학을 공부하나요?" 하고 묻자 꼬리에 꼬리를 물며
이야기가 이어졌습니다.

그 사이 레오는 '바다'가 낳은 새끼 강아지들을 졸졸 따라다
니면서 놀았는데, 어른들의 이야기가 길어지자 심심해했습니
다. 결국 레오는 엄마 품으로 파고들어 우리의 이야기를 중간
중간 끊었습니다. 레오의 무료함을 달래줄 겸, 또 평소 품고 있
었던 자연교육에 대한 내 궁금증도 풀어볼 겸 엄마 아빠와 함

께 놀이를 하나 하자고 제안했습니다. 레오는 반색했습니다.

나는 레오의 손에 들려 있는 돌멩이 세 개에 주목했습니다. 그 것들을 테이블 위에 올려놓고 다른 자연물 몇 개를 더 주워 오 라고 했습니다. 나뭇가지도 좋고 나뭇잎이나 풀잎도 좋다고 했 습니다. 레오뿐 아니라 부부와 나도 잎과 열매를 주워 왔습니 다. 서로 주워 온 자연물을 테이블 위에 더하자 놀잇감이 풍성 해졌습니다. 놀이의 규칙을 설명했습니다. "모두가 눈을 가린 사이에 제가 테이블 위에 있는 자연물 중 하나를 감출 거예요. 무엇이 사라졌는지 맞히면 됩니다."

　나는 그들에게 테이블 위에 놓인 자연물들을 자세히 살핀 후 눈을 감으라고 했습니다. 레오가 실눈을 뜨고 염탐하려 해서 나 는 얼른 엄지손가락만 한 나무 조각을 숨겼습니다. 모두 눈을 뜨게 했습니다. 요한은 단박에, 그의 아내는 잠시 뒤에 알아챈 눈치였습니다. 나는 손가락을 입술에 대며 '쉿!' 하는 표정을 지 었습니다. 레오는 테이블을 살피기보다 내 손을 들여다보고 있 었고, 결국 답을 맞히지 못했습니다.

　난이도를 낮추기 위해 자연물의 개수를 줄였습니다. 이번에 도 레오는 테이블 위를 관찰하기보다 테이블 아래로 감춘 내 오 른손으로 자꾸 눈길을 주었습니다. 아버지 요한이 팁을 주었습 니다. "테이블 위의 장면을 눈 사진으로 찍어둬라. 레오!" 자연 물의 개수도 확 줄여주자 레오는 집중력을 조금 높이는 듯 보 였습니다. 마침내 레오가 처음으로 성공했고, 나와 요한은 과도하다 싶을 만큼 레오를 칭찬해주었습니다. 그러나 자연물 개수 하나를 늘리자 레오는 다시 당황했습니다.

　나는 레오의 좌절을 원하지 않았습니다. 그래서 특별한 팁을 하나 주었습니다. "테이블 위에 돌멩이는 몇 개가 있지? 나뭇잎은 몇 장이지? 나뭇가지는 몇 개가 있니?" 레오는 '숫자'를 셀 줄 아는 아이였습니다. 정확히 종류별 개수를 말했습니다. 다시 놀이를 시작하자 이제 레오는 제법 잘 정답을 말했지만 이따금 엉뚱한 것을 말했습니다. 이번에는 돌멩이나 나뭇가지의 크기를 구분할 수 있는 질문을 던졌습니다. 녀석은 '크다'와 '작다'를 아는 아이였습니다. 레오는 돌과 나뭇가지를 감추면 척척 답을 말했습니다. 하지만 나뭇잎을 감추면 여전히 혼란스러워했습니다. 그것도 '분류'하는 팁을 알려주고 싶었지만 오늘은 이 정도로도 좋겠다 싶었습니다. 내 기준이 오히려 녀석의 잠재력을 가로막을 수도 있으니까 말입니다.

　레오는 다시 강아지를 찾아 떠났고 부부와 나는 다시 교육 이야기를 나누었습니다. 요한은 오늘 레오와 함께 한 놀이가 무척 의미 있는 공부라고 평했습니다. 그는 이 놀이를 발전시키면 생물학과 역사 공부에까지 이를 수 있음을 단박에 눈치 채고 있었습니다. 나는 그에게 우리나라의 지식 중심 교육이 갖는 한계에 주목하고 있다고 말해주었습니다. "현대사에서 공부를 통해 대한민국을 세계에 널리 알린 위대한 인물은 아직 단 한 명도 꼽기 어려워요. 대한민국을 전 세계에 강력하게 알린 인물은 싸이나 김연아, 박지성처럼 연예인과 운동선수들이죠. 저

는 그 원인을 놀이가 부재한 교육, 스스로 사유하는 능력과 철학을 배제한 교육 체계에서 찾고 있습니다."

요한도 자신이 열다섯 살까지 프랑스의 자연 속에서 성장했고, 열다섯 살부터는 프랑스 정규 교육과정 속에 철학 공부가 포함되어 있었다고 말했습니다. 자기가 대학에 입학할 때 치른, 프랑스의 대입 자격시험인 바칼로레아(Baccalauréat)의 당시 시험문제가 '시간', 단 두 글자였다는 기억도 덧붙였습니다. 오로지 '시간'을 주제로 A4용지 6매의 글을 써야 했다는 이야기와 함께.

우리는 학창시절 끝없이 제시된 보기 안에서만 답을 찾는 훈련을 해왔습니다. '다음 중 (…) 무엇인가?' 사지선다형의 보기. 그러나 역설적이게도 '창의'는 보기 안에서 답을 찾는 것보다 보기 밖에서 답을 찾을 수 있는 능력이 발휘될 때 발현됩니다. 네 개의 보기 안에서 답을 찾는 일에 익숙해진 우리는 결국 창의성에 제약을 받아왔습니다. 스스로 사유하는 일이 익숙하지 않도록 오랜 동안 훈련받아왔지요.

거친 자연은 홍미로운 대상으로 가득합니다. 또한 위험도 함께 존재합니다. 다양한 빛깔과 소리와 향기가 넘쳐납니다. 우리의 시험문제는 눈으로 보고 머리로만 판단하게 하지만, 자연에서의 제대로 된 놀이와 경험은 스스로 느끼고 사유하고 판단하여 상황을 헤쳐 나가게 합니다. 일본의 대표적인 뇌과학자이자 '구보타식 교육법'으로 유명한 구보타 기소우(久保田競) 교수의 연구처럼 손은 '외부의 뇌'로서 우리의 두뇌와 관계하고 작용합니다. 따라서 정형화되지 않은 공간인 숲에서 손과 몸을 쓰면서 흥미를 따라 놀고 활동하는 것은 창의적 문제해결 능력을 키우는 데 크게 도움이 됩니다. 숲은 아이들에게 협동하여 위험을 다루거나 문제를 해결해 나가는 법을 익히게 하고, 다른 생명을 경험하면서 나와 타자를 이해하는 폭을 넓히게 합니다.

세계가 하나로 연결되고 무한 경쟁으로 압축된 이 시대에 국가 사회와 기업은 창의와 창조성이 필요하다며 부심하고 있습니다. 또한 청소년과 군인 등 젊은 층에서 문제가 발생할 때면 인내와 배려 등의 인성을 강조하고 있습니다. 그리고 나는 창의와 창조성, 인성 등의 요소들을 절로 자라나게 할 수 있는 훌륭한 방법이 바로 '자연 교육'이라고 생각합니다.

우연히 여우숲을 방문했던 레오 가족은 이번 가을 여행에 다시 이곳으로 휴가를 오겠다며 떠났습니다. 한국에도 이런 곳이 있음을 발견하게 되어 기쁘다는 말을 남기고 말이죠.

보이지 않는 것을
볼 수 있는 눈

충북 증평과 제천, 전남 해남과 영암을 돌고 여우숲으로 돌아왔습니다. 방학을 앞둔 중·고등학생들을 만나기 위한 제법 긴 여정이었습니다. 어떤 학교는 인문학 특강을 위해 나를 초대했고, 다른 어떤 학교는 저자와의 만남을 위해 나를 초대했습니다.

나는 학생들에게 물었습니다. "여러분은 학교에 왜 다녀? 학교에 다니는 이유가 도대체 뭐야?" 어느 학교에서든 질문을 받은 아이들은 답변하기 어색해했습니다. 질문이 던져진 공간에는 어김없이 짧거나 긴 침묵이 흘렀습니다. 잠시 뒤 용기 있는 아이들 서넛이 각자의 생각을 말했습니다. 대답의 종류는 다양하지 않았습니다. 중학교 학생들에게는 "의무라서!"라는 대답이 어김없이 포함돼 있었고 중·고등학교 학생 공통으로 나온 대답에는 "돈 벌기 위해서!" "먹고살기 위해서!"가 포함돼 있었습니다.

나는 학생들이 지금 보내고 있는 학창시절을 자기 삶의 전체 맥락 속에서 살필 수 있기를 바랐습니다. 순간순간 닥쳐온 시간의 토막에만 갇히지 않고, 이미 마주했고 앞으로 마주할 삶의 전체 속에서 학창시절을 바라보는 눈을 열어주고 싶었습니다. 독서로 치면 문장에 갇히지 않고 문맥과 장, 책 전체가 담고 있는 흐름을 놓치지 않는 눈으로 책을 읽어 나가는 시각을 갖기를 바란 것입니다. 삶 전체의 '맥락'을 보는 눈으로 청소년 시절, 학교에 다니는 것의 의미를 생각해보길 바랐습니다.

놀랍게도 학생들의 인식에 있어 학교는 '더 많은 돈을 벌고 먹고살기 위한 경로'로 자리 잡고 있다 것이었습니다. 근현대화 과정에서 학교 공부의 주된 역할이 그런 기능적 편향성에 쏠려 있었으니 그런 반응은 어쩌면 자연스러운 결과일 것입니다. 근대 이후 학교는 사회에 필요한 인력을 안정되게 배출하는 것을 주된 역할로 맡았고 그 과정에서 '어떤 성적을 쥐고 세상으로 나가느냐'가 학교를 나온 사람들의 경제적 일생에 심대한 영향을 미치게 된 것도 사실입니다. 그 의식이 세대를 넘겨 복제되면서 확대, 심화되는 중이므로 지금 학교를 다니는 아이들의 무의식적 반응은 당연한 것인지도 모릅니다. 우리나라 대학 전체에서 '철학과'가 남아 있는 대학이 전국을 합쳐 열 곳도 되지 않는다는 현실을 아시는지요? 취업이 잘 되지 않는 학문 분야의 학과는 계속 폐지되는 운명을 맞고 있거나 절묘하게 학과 이름을 바꿔서야 겨우 생존하고 있습니다. 이제 대학마저 취업률을 절대적 기준으로 받들고 살아야 하는 것이 현실입니다.

아이들의 대답에 가슴이 아파서 나는 그들에게 엉뚱한 질문을 던졌습니다. "혹시 기도하는 새를 본 적이 있니? 제사를 지내거나 예배를 올리는 짐승을 본 적이 있니? 살아 있음 너머의 세계를 생각하고 우주와 나의 관계를 궁금해하는 풀이나 나무를 본 적이 있어? 내가 저지른 어떤 일이 자신을 괴롭혀 뒤척이고 잠 못 이루는 생명을 본 적이 있어?" 나는 그것이 바로 인간에게만 있는 고유한 모습 중 하나라고 말했습니다. "오직 인간만이 보이지 않는 것을 보려 하고 보이지 않는 경지를 향하는 생명이란다."

그래서 인간에게는 외면만이 아니라 내면을, 살아남음만이 아니라 '어떻게' 살아야 하고 '어떻게' 떠나야 할지를 생각할 줄 아는 심보가 있다고 역설했습니다. 그것을 '인간다움'이라고 한다고, 그리고 사람답게 산다는 것이 무엇인가를 고민하는 것이 참된 공부임을 잊지 말아야 한다고. 학교는 저마다 먹고 살기 위한 문을 열 열쇠를 깎아가는 중요한 공간이지만 동시에 아름다운 눈을 갖춰가는 공간이라는 사실을 잊지 말자고…….

아이들은 나의 이야기에게 공감했을까요? 여전히 세상에서 가장 아름다운 눈은 보이지 않는 것을 볼 수 있는 눈이라는 것, 학교를 다니고 공부를 하는 참된 이유 하나가 바로 그 '눈'을 갖기 위한 것이라는 나의 이야기.

그대는 어떤가요? 그런 눈을 갖기 위한 공부, 그대도 하고 계신가요?

"

순간순간 닥쳐온 시간의
토막에만 갇히지 않고, 이미
마주했고 앞으로 마주할 삶의
전체 속에서 학창시절을
바라보는 눈을 열어주고
싶었습니다.

"

숲을 닮은 사람들

스스로 꽃, 스스로 별 - 스승님께

1

'마음을 나누는 편지' 게시판에 올리신 스승님의 마지막 글이
이렇습니다.

금요 편지를 보내지 못했다.
아마 당분간 보내지 못할 것 같다.
마음이 무겁다.
그러나 이내 다시 가벼워졌다.
하늘에 흐르는 저 흰 구름 가닥처럼
봄이 온다.
배낭을 메고 떠나고 싶다.

그해 우수(雨水)를 몇 날 앞둔 어느 날 이렇게 마지막 편지를 써
두시기만 하고 부치지도 못한 채, 2013년 4월 13일, 나의 스승
님은 다시는 돌아올 수 없는 저 먼 곳으로 떠나셨습니다.

오늘은 내가 독자들에게 편지를 보내야 하는 날인데, 어제부

터 한 줄 글을 쓸 수가 없습니다.

8년 전쯤, 스승님은 내게 당신의 홈페이지에 매주 글을 한 편씩 써보라고 하셨습니다. 숲과 함께 살고자 하는 놈이니 나무의 날인 목요일에 '마음을 나누는 편지'를 맡아 써보라고 말입니다. 이후 나는 추석과 겹친 목요일 하루를 제외하고 단 하루도 편지를 보내지 못한 날이 없었습니다. 그런데 지금, 차마 편지를 쓸 수가 없어 노트북을 열었다가 닫고, 또 열었다가 닫기를 반복하고만 있습니다.

예비하지 못하고 스승님 떠나보낸 슬픔이 너무 커서일까요? 슬픔이 목구멍을 막고 그 어떠한 사유도 허락하지 않고 있습니다. 양해해주십시오. 나는 지금 그렇게 지독한 슬픔에 젖어 있습니다. 이놈도 슬픔에 젖어 있어야 하는 날 있겠거니 헤아려주십시오. 너무 오랜 시간 슬픔에 갇히지 않도록 하겠습니다.

나의 오두막 마당에 스승님께서 선물로 심어주신 두 그루 나무에는 아직 새순이 돋지 않았습니다.

2

나는 비교적 운이 좋았나 봅니다. 첫사랑을 아프게 보낸 이후 삶에 큰 이별이 없었으니까요. 첫사랑과 이별하고 나는 콱 죽어버리려 했습니다. 너무 아파서……. 그러다가 중년의 길목에서 지금 또 다른 사랑과 이별하게 되었습니다. 이렇게 큰 상실감을 주는 이별이 다시 있을 것이라고는 미처 생각해보지 못했습니다.

당신의 스승을 떠나보내고 얼마 뒤 숲으로 찾아오신 스승님이 나지막이 말씀하셨습니다. "나는 온전히 하루를 비우고 스승님과 낚시를 하고 싶었다. 스승님과 낚시를 하며 그 하루를 잘 놀아드리고 싶었다. 그 시간을 아직 갖지 못했는데, 스승님을 보냈다."

달천(達川)을 이루는 검은 물줄기와 그 물줄기가 풀어헤친 머리카락 같은 은색 갈대숲을 가만히 응시하시던 내 스승님의 애달픈 눈빛을 나는 선명하게 기억합니다.

내 삶의 가장 큰 스승이신 구본형 선생님이 당신의 스승님을 영영 만날 수 없게 된 이후 가졌던 깊은 상실감을 나는 그렇게 떠올려봅니다. 그리고 지난 며칠 동안 나는 비슷한 슬픔에 갇혀 지냈습니다. 스승님이 이 세상을 떠나시고 난 뒤 나는 한동안 숲으로 돌아오지 못했습니다. 오두막 구석구석에 녹아 있는 스승님과의 기억을 담담히 마주할 자신이 없었던 모양입니다. 운전을 하고 길을 달리다가 갑자기 쏟아져 내리는 눈물에 차를 세워야 한 적이 여러 번 있었고, 겨우 돌아온 날에는 스승님이 산방 마당과 여우숲 언저리에 심어주신 나무 곁을 지나다가 또 먹먹해져 우두커니 서 있었던 시간도 많았습니다. 위로를 건네는 많은 사람들의 편지를 읽으면서 나는 답장 한 자 쓰지 못한 채 또 슬픔에 갇혔습니다. 당신 스승님과 온전히 함께 보내고 싶었다던 강가에서의 이루지 못한 하루, 내 스승님의 아쉬움이 내게도 다른 장면으로 똑같이 남았고, 그것이 사무치게 아쉽고 참 힘들었습니다.

그러는 사이 여우숲 왕벚나무에 꽃이 피기 시작했습니다. 지난해 심은 나무에 피어난 꽃은 햇살을 받자 마치 낮을 밝히는 별처럼 빛났습니다. 중년에 큰 사랑을 잃은 내 어두운 마음에 별을 닮은 꽃들이 큰 위로가 되었습니다. 그 꽃을 하염없이 바라보았습니다. 후드득 빗방울이 떨어지기 시작했습니다. 어느새 땅 색은 짙어졌고 이내 그 빛나던 꽃송이들도 비에 젖어버렸습니다. 꽃들은 일제히 고개를 숙였습니다. 암술과 수술이 제 꽃잎으로 처마를 만들어 비를 피하는 모습처럼 보이기도 했습니다. 꽃 곁에서 나도 나무처럼 서서 비를 맞았습니다. 비가 그치고 다시 햇살이 드리우자 꽃잎으로 만든 처마에 대롱대롱 빗방울이 맺혔습니다. 그 모습이 마치 눈물 같기도, 보석 같기도 했습니다.

이제 더는 스승을 뵐 수 없다는 것을 받아들이던 날, 꽃들은 그렇게 눈물을 머금고 보석처럼 피고 있었습니다. 곁에서 그 모습을 가만히 보다가 내 마음이 움직였습니다. '이제 슬픔에서 벗어나야겠다. 나의 스승이 그러하였고 왕벚나무 꽃들이 그러하듯, 눈물이 꽃으로 피어나게 해야겠다. 그래도 애달픔과 그리움을 견딜 수 없는 날에는 눈물을 지어야겠지. 하지만 그 눈물에 갇히지는 말아야겠다. 눈물, 꽃이 되게 해야지!'

숲 가장자리 왕벚나무에서 꽃잎이 흩날리자 이제 숲 깊은 자

리 산벚나무에 꽃이 피고 있습니다. 그 꽃들 위로 다시 빗방울이 떨어지고 있습니다. 빗방울에 젖지 않고 피어나는 꽃이 세상에 어디 있느냐는 듯, 눈물 머금고 네 삶도 일으켜 세우고 꽃으로 피어나라 일깨우는 듯 피고 있습니다. 여우숲에는 지금 사방이 꽃, 마치 스승님이 일깨우는 슬픔에 대한 가르침 같습니다. '눈물마저 삼키고 피는 향기로운 꽃 되라' 이르는 듯 말입니다. 스승님, 이 풍경 보고 계시지요?

3

숲이 날마다 조금씩 모습을 바꾸고 있습니다. 꽃이 산 정상을 향해 소리 없이 불을 놓기 시작하자 제일 먼저 새소리가 한결 풍성해졌습니다. 철새들이 하나둘 돌아오고 있나 봅니다. 새소리는 표면적으로는 새들이 서로 유혹하고 사랑하자고 빚는 세레나데지만, 이면을 들여다보면 식물들이 겨울을 털고 일어서면서 키워내는 소리라고 할 수 있습니다. 나무와 풀이 잠자던 모든 생물들의 먹이 활동에 든든한 뒷배가 되기 때문이지요. 하지만 좀 더 궁극적인 이유를 살펴보면 이는 모두 시간이 만들어내는 풍경입니다. 해의 길이가 길어지면서 빚어내는 현상이니까요. 예부터 모든 생명이 태양을 길잡이로 삼은 까닭이 여기 있을 것입니다.

시간은 밤하늘 별자리도 바꿔놓고 있습니다. 별자리 이름을 많이 알지 못하는 나로서는 하나하나 그 이름을 되뇔 수 없지만 겨우내 그 자리를 지키며 시리게 빛나던 몇몇의 별을 더는 볼 수 없게 된 것을 느낍니다. 항해사들은 별들의 운행을 길잡이로 삼았다는데 나는 아직 그 재주를 얻지는 못하였습니다. 짙은 구름이 하늘을 뒤덮어 별을 가리는 날에 항해사들은 어떻게 길을 찾았을까요?

삼십 대 중반 내가 삶의 길을 잃고 길게 방황하고 있었을 때, 그러니까 내 삶의 운행을 이끌던 신념과 가치가 모두 무용하게 느껴지고 밤하늘에 구름이 가득 낀 것처럼 느껴지던 때, 나는 스승 한 분을 벼락처럼 만났습니다. 스승님은 밤하늘의 별처럼 늘 별 말씀이 없었던 분입니다. 그러나 스승님도 시간 위에 서 계신 분이란 걸 나는 미처 생각하지 못했습니다. 당신은 내가 다른 쪽에 서야만 만날 수 있는 자리를 차지한 별이 되셨나 봅니다.

두려움이 깊은 밤, 그 심경을 당신께 고백한 날들이 있었습니다. 그때마다 당신은 밤하늘의 별이 그랬듯 소리보다 깊은 침묵과 미소로 나의 불안한 삶을 위로했던 분이었습니다. 안타깝게도 이제 그 사려 깊은 침묵과 미소를 더 이상 실존으로 마주할 수 없게 되었습니다. 며칠 동안 구름이 가득 낀 밤하늘을 우러러 여쭈었습니다. '별을 잃고 밤길에 섰습니다. 어찌해야 합니까?' 나는 어렴풋 이런 대답을 들었습니다. '스스로 별이 되어 길을 밝혀라! 본래 모두가 꽃이고 모두가 별인 것 이미 알지 않더냐?'

이제 그러기로 했습니다. 내가 들은 그 대답처럼 스스로 꽃, 스스로 별이 되어 살아가기로 했습니다.

그 화가가
내 삶에
가르쳐준 것

제주에 다녀왔습니다. 제주에는 만나고 싶은 사람이 여럿 살고 있지만, 이번 여정 동안 나는 누구에게도 기별을 넣지 않았습니다. 그들이 알면 섭섭하게 여기겠지만 나는 그저 홀로 시간을 보내고 돌아왔습니다. 불현듯 그 섬으로 떠난 이유는 대구 강연 길에 들른 한의원에서 들은 말 때문이었습니다. 한의사는 검지를 펴서 나의 명치 위에 대더니 가볍게 눌렀습니다. "으악!" 나는 외마디 비명을 토하며 뒤로 물러섰습니다. 내 삶을 조금 알고 있는 한의사는 피식 웃더니 말했습니다. "나는 당신이 산 속에 들어가 반 스님처럼 살고 있는 줄 알았는데, 어쩌다가 남자는 잘 걸리지 않는 그 병을 얻었습니까?"

가슴이 아파 찾아간 한의원에서 '화병'이라는 진단을 받았습니다. 한의사는 말을 이었습니다. "쉽지 않겠지만, 또 이렇게 말하는 의사를 무책임하다고 느끼겠지만, 내려놓고 사세요. 가슴에 불덩어리 끌어안고 살 거면 숲이 다 무슨 소용이에요?" 숲으로 돌아와 며칠간 한의사의 말을 곱씹어보았습니다. '벌써 일년 가까이 내 가슴에 자리하고 있는 이 통증이 화병이라는 것이구나. 터트릴 곳을 찾지 못한 분노와 슬픔이 불덩어리로 가슴에 맺혀 나를 아프게 하는 병을 내가 가졌구나. 어디든 가야겠다. 이곳에서 맺힌 화와 슬픔을 어디든 가서 내려놓고 와야겠어.'

그렇게 떠난 제주 여행에서, 나는 딱 세 곳만 둘러보기로 했습니다. 나머지 헐렁한 시간은 가만히 나를 응시하는 계기로 삼고 싶었기 때문입니다. 먼저 제주의 신화, 역사, 삶과 조형적 예술이 넓게 펼쳐진 '돌문화공원'을 굼벵이처럼 느릿느릿 돌았습니다. 부슬부슬 비가 내렸습니다. 사람은 거의 없었고 바람은 시원했습니다. 마음의 묵은 때가 조금 씻겨 나가는 느낌이었습니다. 다음 날은 제주에 딱 두 곳 있는 '기적의 도서관'을 둘러보았습니다. 언제고 형편이 된다면 여우숲에 작은 도서관을 하나 꾸미고 싶다는 바람이 있었던 내게 서귀포의 도서관은 퍽 인상적이었습니다.

마침내 마지막 여행지로 향했습니다. '그분'의 애틋한 삶의 기록이 오롯이 담겨 있는 장소였습니다. 비가 추적추적 내리는 그곳에서 한나절을 보냈습니다. 빗속에서도 제법 많은 방문객들이 그곳을 들고 났습니다. 마당에 서 있으니 정원의 나무와 담장 너머로 서귀포의 바다와 작은 섬이 보였습니다. '아, 그분은 이곳에서 저 바다를 보았겠구나. 저 바다는 그에게 위로였을까? 차라리 처연함이었을까? 이곳에서의 나날은 시린 날이 많았을까? 넘실대고 일렁이는 날이 많았을까?'

이런 생각을 하며 시선을 당기는데 마당 한편에 서 있는 비석 하나가 눈길을 잡았습니다. 비석에는 그의 얼굴이 새겨져 있었습니다. 선 굵은 머리카락의 모양과 걸림 없어 보이는 눈빛의 느낌이 참 좋았습니다. 자유로우면서도 단단해 보이는, 살아 있는 삶을 살아낸 느낌……. 그 비석에는 시 한 편이 함께 새겨져 있었습니다.

높고 뚜렷하고
참된 숨결

나려나려 이제 여기에
고웁게 나려

두북두북 쌓이고
철철 넘치소서

삶은 외롭고
서글프고 그리운 것

아름답도다 여기에
맑게 두 눈 열고

가슴 환히
헤치다
- 「소의 말」 전문

시는 나를 붙잡고 놓아주지 않았습니다. 그를 기념하는 건물 '이중섭 미술관' 안으로 선뜻 들어서지 못한 채, 마당에 서서 이 글을 읽고 또 읽었습니다. 서성이며 읽고 멈추어 읽고, 몇 번은 소리 없이 읽고 또 몇 번은 낮게 소리 내어 읽었습니다.

일제강점기 이북에서 태어나 아버지 없이 어머니 손에 자란 이중섭은 일본으로 유학을 떠났고 그곳에서 만난 일본 여인 마사코와 깊이 사랑했다지요. 중섭이 귀국한 뒤 여인도 바다를 건너와 남덕이 되었고, 중섭과 남덕은 결혼을 했다고 합니다. 아들 둘을 낳고 기쁜 신혼 생활을 보내던 그들에게 한국전쟁은 너무도 끔찍한 재앙이었습니다. 전쟁이 터지자 중섭은 일가를 이끌고 부산을 거쳐 제주의 남쪽 바닷가까지 피난을 내려왔고 그곳에서 1년을 머물렀습니다. 가진 것 없이 내려와 끔찍이도 가난하여 머물 곳 하나 제대로 마련할 수 없었던 중섭. 그는 두 평이나 될까 싶은, 부엌도 없는 방 하나를 겨우 얻어 해초나 멍게 따위로 하루하루 연명했다고 합니다.

중섭이 직접 쓴 시였습니다. 자신의 남루한 삶을 추스르기 위해 좁고 어둡고 눅진한 방 벽면에 붓으로 써서 붙여놓고 마음이 흔들릴 때마다 다짐의 글을 읽고 또 읽었을 중섭. '삶은 외롭고 서글프고 그리운 것', 나는 이 대목을 몇 번이고 되뇌었습니다. '삶은 외롭고 서글프고 그리운 것, 삶은 외롭고…….' '중섭에게 삶은 얼마나 외롭고 서글프고 그리운 것이었을까!' 그의 고단했던 삶이 내 몸 안으로 가만히 파고드는 듯했습니다.

나를 놀라게 한 것은 다음 구절부터였습니다. 중섭은 지금 삶이 외롭고 서글프고 그리운 것이라 말하면서도 체념이 아닌 기도와 다짐을 시의 맨 앞에 배치합니다. '높고 뚜렷하고 참된 숨결'이 내리고 쌓이고 넘쳐달라고. 그렇게 참된 숨결만 내려준다면 삶이 아무리 끔찍하다 해도 자신은 다만 삶을 향해 가슴을 환히 헤쳐 그 삶을 마주하겠노라고. 그는 다짐을 이어갑니다. 그렇게 지랄 맞은 것이 삶이라 해도 그리는 작업, 그려야만 살아 있을 수 있는 삶을 당당히 살겠노라고.

'삶은 외롭고 서글프고 그리운 것'에 머물며 나는 가슴이 아려와 자꾸 눈물을 흘렸습니다. 화구가 없어 담뱃갑 은박지에 못으로 그림을 그리면서도 중섭은 그리기를 멈추지 않았습니다. 생계를 어쩌지 못해 사랑하는 아내와 자식을 일본 땅으로 보내놓고 그림으로 세상에 꽃을 피워보려 고투했던 삶, 가장이자 예술가로서의 시대적 절망을 넘어서보려 몸부림쳤던 처절한 삶. 정신병과 지병으로 서울 적십자병원에 입원했다가 '마흔 한 살의 무연고자'로 삶을 마쳐야 했던 그 사람, 살아서는 끝내 사랑하는 아내와 아이들을 다시 마주하지 못한 그 사람.

이중섭을 기리는 작은 미술관을 천천히 구석구석 살피고 돌아오는 길, 나는 혼자 속삭였습니다. '이번 제주 여행은 이것으로 충분하다.' 이미 나는 중섭의 삶에서 충분히 위로받고 있었으니까요. '내 삶에 아무리 억울하고 노엽고 서러운 것이 찾아왔다 해도 중섭의 그것만 할까? 중섭은 그런데도 삶을 기꺼이 감

당하지 않았던가!'

　따끔거리던 내 가슴은 어떻게 되었냐고요? 놀랍게도 중섭을
만난 후 평화가 왔죠, 다 가라앉았습니다.

"
삶은 외롭고 서글프고
그리운 것.
„

고1 때
동거를 시작한 친구

고등학생을 대상으로 하는 인문학 강연에서 고1 때 동거를 시작한 친구 이야기를 하곤 합니다. 초등학교 동창이었던 친구와 그의 아내는, 동거를 시작한 지 얼마 지나지 않아 아이를 갖게 되었습니다. 그는 어떻게 대처했을까요? 만일 당신이 그라면 어떻게 했겠습니까? 그는 아내의 임신 사실을 알자 다니던 공업고등학교를 자퇴했습니다. 아직 결혼식을 올리지 못한 어린 신부와 태어날 아이의 삶을 지키기 위해, 그는 저 먼 남쪽 바다 어느 조선소에 견습공으로 취업했습니다. 우유 값과 기저귀 값, 옷값을 벌어 어린 아내에게 보내기 위해.

이때부터 그의 청춘시절은 고난의 행군으로 점철되었습니다. 기술을 가진 선배들의 속옷과 양말을 빨아주기까지 하며 용접 기술을 익혔습니다. 그는 기술을 가지면 더 나은 일과 소득을 얻을 수 있고, 그것으로 가족을 조금 더 따뜻하게 지켜낼 수 있으리라는 믿음으로 그 시절을 견뎠습니다. 마침내 그는 선배들로부터 인정을 받을 만큼 뛰어난 기술을 갖추지만 고등학교 중퇴 기술자가 오를 수 있는 '위치'에는 한계가 있었습니다. 세상과 조직의 한계를 알게 된 그는 십 몇 년의 조선소 생활을 접고 고향 근처 도시로 향합니다. 지인의 중국집에서 배달과 주방 일을 익히며 이십 대 후반을 살아낸 그는, 삼십 대가 되어 시장에 중국집을 열고 배달을 하는 사장이 되었습니다. 하지만 이내 돌이키기 어려울 만큼 큰 좌절을 만나게 됩니다. 중국집 문을 닫던 날, 그는 만취한 상태로 아버지의 산소를 찾아갑니다. 죽고 싶을 만큼 외롭고 버거워서 아버지 묘소의 떼를 뜯어가며 울부짖었다고 합니다.

그는 도시 외곽에 버려지다시피 한 땅을 힘들게 얻어 철공소를 차리고 겨우 생계를 이어가게 됩니다. 그러던 어느 날, 그는 출입문을 제작해달라는 한 공장의 의뢰를 받았습니다. 그 지역에서는 보기 드문, 편리하고 견고한, 창조적인 출입문을 완성하여 납품했습니다. 이후 비슷한 업계의 공장들로부터 같은 출입문을 제작해달라는 주문이 들어오기 시작했습니다. 그는 그역시 훌륭하게 완성하여 납품했지요. 점점 더 다양한 일감이 그에게로 왔습니다. 그가 몸으로 연마해둔 기술은 조금씩 고부가가치의 영역으로 확장되며 꽃을 피웠습니다.

그는 지금 일부 대기업에서 '귀한 손'으로 대접받고 있습니다. 외국 기업이 설비한 플랜트 시설에 고장이 날 경우, 부품을 조달하는 데 너무 오랜 시간과 비용이 드는 상황이 벌어지면 그를 찾는 기업이 많다고 합니다. 그는 이제 외국 회사의 고장 난 부품을 똑같이 깎아서 오차 없이 대체해낼 만큼 정교한 기술자가 됐습니다. 기업의 요청에 의해 한 번 출장을 나갈 경우 그가 의뢰 기업으로부터 받는 금액은 상상 이상이라고 합

니다. 나의 소년 시절 친구들 중에서는 지금 그가 가장 부자이
지요. 그리고 그는 벌써 몇 년 전에 손주를 보고 할아버지가 되
었습니다. 삶을 온몸으로 살아낸 그이기에 인생을 바라보고 다
루는 깊이 역시 나나 다른 친구들은 감히 따라갈 수 없는 경지
에 이르렀습니다.

인문학을 공부하는 이유가 어디에 있습니까? 더 많은 지식을
쌓아보기 위함인가요? 아니면 자기계발서나 긍정의 심리학 따
위를 공부해보았지만 더 많은 돈을 얻기에는, 난세를 살기에는
한계가 있고 그래서 혹시라도 해결책을 찾을 수 있지 않을까
싶어 기웃거리는 것인가요? 나는 그 참된 이유가 다른 곳에 있
다고 말합니다. 인문학을 공부하는 것은 '참된 인생'을 살기 위
해서입니다. '진짜'인 인생을 살기 위해 인문학을 공부해야 한
다는 것이지요.
　'진짜'인 인생을 산다는 것은 무엇일까요? 그것은 세상의 요
구 때문에 쓰게 된 거죽과 가면을 벗어던지고 스스로 안에서 솟
구쳐오는 자신의 것을 꽃피워 정직하게 살아보겠다는 것 아닐
까요? 하늘이 준 내 본래의 모양을 찾아 '정직하게 그 모양대로
피고 지겠다는 정신'을 따르며 사는 것도 한 모습일 것입니다.
그러나 세상의 흐름이 돈이나 지위, 외양 등 획일적 기준으로
과도하게 쏠려 있는 지금, 그 길을 가겠다는 것은 미친 짓인지
도 모릅니다. 세상의 기준을 부수고 자기 삶의 주인으로 당당히
살려면 반드시 먼저 가시밭길을 통과해야 하니까요.

요즘 세상에 고등학생이 동거를 했고 아이를 낳았다면 여러분은 어떻게 반응하겠습니까? 그런데 60여 년 전, 나의 어머니는 열여덟 살에 시집을 왔고 이듬해에 첫 아이를 낳았다고 했습니다. 외할머니는 열여섯 살에! 이것만 봐도 '나이'라는 기준은 시대에 따라 상대적인 것임을 알 수 있습니다. 더 본질적이고 중요한 것은 사랑하고 애를 낳는 보편적 나이의 기준이 아니라, 스스로 선택하고 그 선택을 온전히 제 힘으로 책임지며 사는 삶이라고 나는 믿습니다. 고1짜리 내 친구는 자신의 선택에서 비겁하지 않았습니다. 그는 세상의 시선을 두려한 적이 없습니다. 도망치지도 않았습니다. 그저 피투성이가 되도록 걸어냈습니다.

나의 어머니나 그 친구는 인문학 책 한 권 들춰본 적 없이 삶을 살아온 사람들입니다. 지식이 자신을 제 삶의 주인으로 만들어주는 것은 아닙니다. 가시밭길이건 꽃길이건 삶에서 마주하는 모든 길을 기꺼이 걸어내려는 정신이 있어야 합니다. 다시 말하지만 나의 어머니도, 그 친구도 피하거나 도망친 적이 없습니다. 누군가를 속여먹거나 누군가의 힘을 빌려 제 삶의 굴곡을 대신 펴보려 한 적도 없습니다. 험난하다 하더라도 정직하고 당당하게, 오직 참된 인생을 살아내려 했을 뿐입니다. 나 역시 때로 이런저런 책을 뒤적이며 삶의 길을 찾아보려 애쓰다가도 그 친구나 어머니의 삶을 떠올리면 부끄러움을 느끼곤 합니다.

중2 때
가출한 그 남자

곡성과 여수를 거쳐 나주에, 잠시 장흥에 들러 다시 나주에 머물고 있습니다. 나흘째 객지에 있습니다. 나주의 한 리조트에서 나는 한 남자를 만나 두 끼의 밥을 함께 먹었습니다. 오늘 아침 함께 밥을 먹다가 그분의 이야기를 듣게 되었습니다. 환갑이 다 되어간다는 그 남자. 크지 않지만 단단한 체구에 다부진 인상, 깊게 파인 얼굴의 주름, 입 주변으로 연결하여 귀에 꽂고 다니는 휴대전화 송수신 블루투스 장치, 시원시원한 말투, 어딘지 모르게 소년 같은 느낌이 살아 있는 눈빛······.

엊저녁 교육생들과 함께 밥을 먹을 때까지만 해도 나는 그분이 그냥 관광버스 기사인 줄만 알았습니다. 오늘 아침 밥상에서 그는 자신을 가수라고 소개했습니다. 22년 동안 4집까지 앨범을 냈고 올겨울에는 5집 앨범을 낼 예정이라고 했습니다. 나는 그분 이야기에 깊은 흥미를 느껴 이런저런 질문을 던지기 시작했고, 그분은 내게 명함을 건넸습니다. 보통 명함 두 장을 합친 크기의 명함에는 자신이 소유한 두 대의 관광버스와 한 대의 미니버스가 새겨져 있었습니다. 위쪽으로는 백두산 천지에 올라 비상하듯 양팔을 벌리고 서서 찍은 사진이 박혀 있었지요. 뒷면에는 태국의 어느 유명한 건물 앞에서 허리춤에 양손을 각 잡고 폼을 낸 사진이 있었습니다. 명함은 그를 여행사와 고속관광버스 회사의 대표이사로 소개하고 있었습니다. '관광버스 무사고 22년의 메들리 가수가 운전한다'는 광고 문구도 적혀 있었지요.

그가 분명한 자기 세계를 가지고 살아가는 사람임을 명함만 보아도 알 수 있었지만, 내친김에 그분의 인생 여정을 물어보았습니다. 그는 이내 이야기를 풀어놓았습니다.

"중학교 2학년 때 가출을 했어요. 염소 두 마리를 팔아놓은 부모님 돈을 훔쳐 부산으로 갔어요. 노래를 따라 삶을 운전하기 시작한 것이죠. 부산의 한 방송국에서 주최한 가수 선발대회에서 3등을 했어요. 그때 1등한 사람이 바로 그 유명한 트로트 가수 ○○○이에요. 그 1등 가수는 서울로 올라가 곧 음반을 취입했고 나는 5백여 만 원이 없어 그렇게 하지 못했어요. 밤무대를 돌며 살았지요. 지금 생각해보면 부산이 아니라 서울로 튀었어야 했어요. 그랬더라면 내 삶은 크게 달랐을 수도 있겠다 싶어요."

그는 곡절 많은 삶을 살다가 목포로 넘어와 부인과 함께 음악을 가르치는 일을 했다고 합니다. 하지만 학원에서 부부가 함께 일을 하는 것은 쉽지 않았고 미래가 불확실하다는 판단에 3년 된 중고 버스를 사서 지금의 일을 시작했다고 했습니다. 그렇게 자기의 세계를 열게 되었다고 말이죠.

나는 앞선 글에 담았던 고1 때 동거를 시작한 친구 이야기를 전하며 물었습니다. "그 친구도 참 멋진 자기 세계 속에 사는데, 사장님도 그렇군요. 그 친구는 그렇게 되기까지 아버지 무덤을 뜯으며 피눈물을 흘린 날이 있었는데 사장님에게도 그런 날이 있었나요?"

"왜 없었겠어요? 말로 다 못하지요. 1992년, 1998년, 2000년. 이렇게 세 번, 내 버스를 경매로 빼앗겨야 했어요. 지입차량으로 들어갔던 회사의 사장이 무너지면서 겪어야 했던 억울한 일들이 많았지요. 당해보지 않은 사람은 그 아픔을 몰라요. 하늘이 무너진 것 같고 너무너무 막막한!"

그분은 기다렸다는 듯 자신이 겪어낸 고난의 시간에 대해 이야기해주었습니다.

"음악이 나를 살렸어요. 두렵고 막막한 국면을 음악이 버티게 해줬지요. 나는 음반을 DVD로 제작해요. 해외 여행객을 직접 모시고 나갈 때마다 찍어둔 해외의 멋진 풍경을 배경으로 삼고 노래를 녹음하지요. 우리나라에는 관광버스가 4만 5천 대 정도 있는데, 음반마다 대략 3만 장 정도가 팔려요. 노래는 어려울 때 작지만 생계에 보탬이 되고 절망스러울 때 위로와 희망이 되어주었지요."

식사를 마친 우리는 각자의 일정 때문에 헤어져야 했습니다. 나는 강의를 위해 나주에 남았고 그는 교육생을 태운 차를 몰고 통영으로 떠났습니다. 아침 밥상을 함께 나누는 그 짧은 시간에서 또 한 사람의 가르침을 만났습니다. 그분은 자신의 명함에 당당하게 '무명 가수'라고 새기고 있었습니다. 유명한 가수로 살지는 못했으나 그의 삶은 단 한 순간도 노래를 떠난 적이 없었습니다. 노래로 자신을 지켰고 또한 노래로 누군가를 돕는 삶을 살고 있었습니다.

죽기 위해
숲으로 찾아온 청춘

새해 잘 여셨는지요? 나는 지난해의 심란함을 미처 잠재우지 못하고 새해 새날을 맞았습니다. 한 해를 닫는 마지막 날, 새해 계획을 다듬어보려 숲길을 거닐었지만 별 소용이 없었습니다. 그러다가 숲으로 찾아온 손님을 만났습니다. 그녀는 내일이면 서른이 된다고 했습니다. '눈길을 뚫고 올라와 숲에서 새해 새날을 맞겠다니, 멋지다. 청춘!' 이런 생각이 절로 들었지요. 우리는 그녀가 준비해온 차를 우려내어 나누어 마셨습니다.

그녀는 지금 겪고 있는 상황이 너무 힘겨워서 어떻게든 돌파구를 열고 싶은 마음에 오늘 결단하기로 작정하고 숲을 찾아왔다고 했습니다. 지금 다니고 있는 직장을 때려치우고 다시 유럽 어느 나라로 떠날 것인지 말 것인지를 결심할 작정이라고요. 그 중대한 선택의 공간으로 하필 이곳 여우숲을 택한 이유가 무엇일까 궁금해 물어보았습니다. 그녀는 2년 전쯤, 지금처럼 힘겨운 상황에 놓인 적이 있었다고 대답했습니다. 바로 그때 여우숲에서 열린 한 캠프에 참가했다가 위로와 용기를 얻고 돌아갔던 경험이 있기 때문이라고 말하더군요.

유명 프랜차이즈 매장에서 매니저로 일하고 있는 그녀는 직

원들을 관리하며 매장을 책임지고 있다고 했습니다. 젊은 나이에 비슷한 나이의 사람들을 관리하며 겪게 되는 갈등과 피로도가 여간 버겁지 않았던 모양입니다. 요컨대 그녀는 직장인으로서 지금 살고 있는 삶을 죽이고 새로운 삶을 향할 것인지, 아니면 지금 닥친 한계 국면을 정면으로 맞서 넘어서볼 것인지를 결단하기 위해 찾아온 것이었습니다.

저 나이에 죽음을 대면하려 하다니, 이 청춘이 삶을 대하는 태도가 참 예쁘게 느껴졌습니다. 그대는 '직장인의 고민에서 뜬금없이 웬 죽음을 운운하지?' 하고 생각하나요? 아닙니다. 이 청춘은 틀림없이 죽음의 의식을 치르러 숲에 온 것입니다. 그녀는 더 젊은 날 프랑스 파리에 있는 일본 기업의 서비스 매장에서 일하며 자신이 서비스직을 정말 좋아한다는 것을 알아차렸고, 그래서 한국으로 돌아와 그 길을 걷고 있다고 했습니다. 그리고 지금은 그 일을 때려치우고 새로운 곳으로 떠날 것인지 말 것인지를 고민하고 있다고 했지요.

그래서 나는 함께 이야기를 나누는 내내 그녀가 죽기 위해 찾아왔다고 생각했습니다. 그녀는 이 일을 때려치워도 죽고 때려치우지 않아도 죽어야 할 것입니다. 내가 말하는 '죽음'은 물론 육체적 죽음을 의미하지 않습니다. 당연히 정신적 죽음, 나아가 영적 죽음을 맞게 될 것이라는 예견이지요. 매장 관리자로서 조직 관리에서 마주한 자신의 한계를 넘어서려면 그녀는 반드시 하나의 '에고(ego)'를 죽여야 합니다. 그 죽음을 통해 새로운 차원을 만나야 마침내 날아오를 수 있습니다. 이를테면 나비가 되는 애벌레의 죽음 같은 것이지요. 애벌레는 고치를 찢고 나오며 죽는 것입니다. 나비로 새로 살기 위해서지요. 하지만 현재까지 자신을 지켜온 에고를 죽여 범조직적 에고로 확장시킬 수 없다면 그녀는 현재의 조직을 떠나 새로운 곳으로 향하게 되겠지요. 나비인 그가 탈바꿈에 패배해 여전히 애벌레의 삶을 살게 될지도 모른다는 의미입니다.

　진정 새롭고 참된 삶은 매 국면 그렇게 죽음을 먹고 열린다는 것을 나는 알고 있습니다. 지난해의 심란함을 떨치지 못하고 새해 새날을 맞은 나는 그래서 더 심란합니다. 스스로 낡은 나를 죽일 수 있어야 참된 새날을 살 수 있는데……. 하지만 이 역시 슬퍼할 일만은 아닐 겁니다. 스스로를 가두는 틀을 찢겠다는 의식을 품은 자, 반드시 때에 이르면 그것을 찢게 된다는 사실도 나는 알고 있으니까요.

두려움을 지워주신 스승들

"떨어지지 않고 강을 이룰 수 있는 폭포가 있더냐?"

10여 년 전, 북한산 산행 중이었습니다. 두렵다는 나의 고백에 스승님이 주신 짧은 대답이었습니다. 당시 나는 새로운 삶을 살고 싶어서, 살아야 하는 삶이 아니라 살고 싶은 삶을 살고 싶어서 서울을 떠나기로 결심한 상태였습니다. 숲으로 들어갈 결심을 확고히 하고 서울의 삶을 조금씩 정리하고 있던 때였지요. 하지만 결심만으로 삶을 바꿀 수 있다면 인생이 얼마나 수월하겠습니까?

낡은 삶을 죽이지 않으면 새로운 삶이 열리지 않는 것이 변화의 법칙입니다. 이 사실을 어렴풋 믿으면서도 대부분의 사람들이 백척간두진일보(百尺竿頭進一步)하지 못하는 것은 바로 '두려움' 때문입니다. 두려움을 이루는 핵심은 크게 두 가지일 것입니다. 하나는 지금 누리고 있는, 정말 작지만 제법 커 보이는 안온함을 잃어버리는 것. 다른 하나는 내 하늘을 열 수 있을까 혹은 내 꽃은 피어날 수 있을까에 대한 막연함.

그래요. 지금의 삶이라는 것이 비록 생기 없이 지루하고 가면을 쓰고 살아야 하는 피로가 가득하다지만, 따져보면 안온함이 있지요. 또한 백척간두에 서서 낭떠러지를 바라보고 있을 때 들려오는 소리도 무시할 수 없지요. '이 안온함 속에 있는 것이 좋은 것이라고, 인생 별 것 없다고…….' 자기 하늘 열어본 적 없고, 자기 꽃 피워본 적 없는 대중들의 수군거림!

나 역시 두려움을 안고 간두(竿頭)에 서서 흔들리던 때, 스승님은 그렇게 한마디 은유를 툭 던지셨습니다. 물론 내가 스승님의 그 말씀만을 붙들고 숲으로 향한 것은 아닙니다. 나는 그때 이미 숲에서 다른 스승을 만나 그로부터 삶의 진실 하나를 배워두었습니다.

숲에서 만난 또 다른 스승은 '도토리' 한 알이었습니다. 어미 나무로부터 툭 떨어진 도토리가 인연된 자리에서 싹을 틔우고 삶을 키워가는 과정을 1년 동안 매주 같은 요일에 찾아가 바라본 적이 있었습니다. 오묘하고 신기했습니다. 도토리묵의 재료로나 알고 있던 작은 알갱이에서 연약한 싹이 나오고, 그것이 땅을 향해 뻗어 나가더니 마침내 땅을 파고드는 모습. 연두색 가느다란 줄기 하나를 뽑아 올려 양쪽 끝으로 앙증맞은 잎 두 장을 토해내는 모습. 한 뼘도 되지 않는 크기에 이미 십수 미터의 나무가 그대로 담겨 있었습니다. 그때 알았습니다. "저 씨앗 하나에 이미 모든 가능성이 담겨 있구나!" 한 시절 인연으로 찾아드는 벌레에게 여린 잎의 일부를 뜯어 먹히면서도 도토리는 참나무로, 숲의 한 공간을 구성하는 멋진 참나무로 자라 오르고 있었습니다.

한 날은『우파니샤드』를 읽다가 내 두려움을 지우고 나를 백척 간두에서 진일보하게 한 그 통찰이 이미 고대 인도에도 존재했 다는 사실을 알게 되었습니다. 고대 인도의 아루나 성자는 보 리수나무의 씨앗을 통해 나무나 우리가 모든 가능성을 품고 있 는 존재임을 증명합니다.

"저 보리수나무에서 열매 하나를 따 와보거라."
"여기 따 왔습니다."
"그것을 쪼개라."
"예, 쪼갰습니다."
"그 안에 무엇이 보이느냐?"
"씨들이 있습니다."
"그 가운데 하나를 쪼개보아라."
"쪼갰습니다."
"그 안에 무엇이 보이느냐?"
"아무것도 보이지 않습니다."
"총명한 아들아, 네가 볼 수 없는 미세한 것, 그 미세함으로 이루어진 큰 나무가 서 있는 것을 보아라. 보이지 않는 것이 지만 그것이 있음을 믿어라. 아주 미세한 존재, 그것을 세상 모든 것들은 아뜨만으로 삼고 있다. 그 존재가 곧 진리다."

내가 발견한 도토리 한 알도 마침내 서울 성북구 어느 동네 숲의 일원이 되었습니다. 아뜨만의 힘을 따라 참나무가 된 것이지요. 숲의 스승 도토리 한 알로부터 내게도 그것이 있음을 확신하게 되었습니다. 그 확신을 따라 스승님의 말씀처럼 백척 간두를 버릴 수 있었습니다. 숲에 떨어진 빗방울은 방울을 버려 실개천이 되고, 실개천은 개천을 떠나 강이 되고, 강은 강의 이름을 버려 바다가 됩니다. 도토리 역시 제 전분 덩어리를 죽여 참나무가 됩니다. 그래서 나는 요즘도 자주 생각합니다. '거듭 버리고 거듭 죽어야지! 무엇을 버리고 무엇을 죽여야 할까?'

그대에게도 버리고 죽이려 했던 녀석들이 있다면 생각해보시지요, 그들은 잘 썩어가고 있는지요?

'생'과 '극'이
함께 있는 이유

어제 반가운 비가 오더니 오늘은 청명한 봄날이 열렸습니다. 어제 내린 비는 봄비치고는 제법 큰 비였습니다. 우산을 들고 주룩주룩 비 내리는 숲으로 가볼까 마음을 먹었습니다. 숲을 거닐기 전, 빗속을 가르고 손님이 찾아왔습니다. 그는 내가 좋아할 것 같다며 두어 권의 책을 선물로 내밀었습니다. 종이봉투에 담고 다시 한 번 투명한 비닐봉투에 정성스레 담아온 책 두 권은 마음에 쏙 들었습니다. 그중 한 권인 『슈만, 내면의 풍경』의 표지가 마음에 들어 만지작거리다가, 중간쯤 되는 어느 쪽을 무심코 펼쳤습니다. 한 문장이 내 눈을 확 사로잡았습니다.

"고통은 초대받지 않았으나 찾아와 문을 두드리는 가면이다."

얼른 귀퉁이를 접어 표시하고 책을 덮었습니다. '고통'은 몇 개월째 내가 붙들고 있는 화두였습니다. '고통'이라는 화두 앞에서 나 역시 넘어서고 정리해둔 사유가 다른 작가의 표현으로 나를 찾아온 것이 신기했습니다. 그리고 생각했습니다. '아마도 아직 읽지 않은 뒤의 구절에는 슈만에게 찾아온 고통에 대한 이야기가 있겠구나, 슈만이 그 고통을 어떻게 마주하고 다루었을지도 기다리고 있겠지.' 나는 아직 그 뒤의 구절들을 읽지 않았습니다. 먼저 그에 대한 나의 답을 정리해둔 뒤 대조하며 읽고 싶었기 때문입니다.

저자인 미셸 슈나이더가 언명한 것처럼 고통은 누구도 초대하지 않고, 또 초대하고 싶지 않은 것이지만 누구의 삶에나 불쑥 찾아옵니다. 일찍이 부처께서 알아챈 '일체개고(一切皆苦)'의 깨달음을 끌어오지 않더라도 삶을 진지하게 대면하고 있는 사람이라면 누구나 '고통'은 생래적(生來的)인 것이고 심지어 삶을 구성하는 본질적인 요소라는 것을 알 것입니다. 많은 사람들은 삶에서 고통을 넘어서거나 회피 혹은 제거하고 싶어 하고, 그 방법을 찾고 싶어 합니다. 하지만 나는 최근에 그것이 어리석은 짓임을 알았습니다. 오히려 고통이 삶에 깃든 필연이자 성장을 위해 필요한 과정임을 알아챘습니다.

한 선생님을 통해 고통이 어떻게 스스로를 성장시키는 자극이 되는지 이야기하고 싶습니다. 알고 지내던 선생님과 얼마 전 다시 만났습니다. 매달 여우숲에서 열게 될 1박 2일 인문학 공부 모임에 선생님도 동참하기를 청하기 위한 자리였습니다. 실로 몇 년 만의 해후였습니다. 미술을 가르치는 선생님은 그 사이 교감 연수를 받았고, 곧 교감선생님으로 발령을 받게 될 예정이라 했습니다. 지금은 교사 생활에서 마지막 담임을 맡아 아이들과 뒹굴고 있다면서요.

주변 선생님들의 평으로나 내 경험에 비춰 보아서나 이 선생님은 정말 멋진 교사입니다. 그런데 선생님이 처음부터 그렇게 훌륭한 교사는 아니었다는 고백을 이번 만남 자리에서 들었습니다. 선생님은 젊은 교사 시절, 한 학생으로부터 자신의 정체성을 송두리째 회의하게 만든 사건을 겪었다고 했습니다.

어느 날 학생 한 명이 선생님에게 "선생님 수업은 정말 재미가 없어요. 정말 지겨워요!"라며 야유를 했답니다. 가르치는 사람에게 그것처럼 고통스러운 피드백은 없을 것입니다. 식당 주인이 '당신 음식은 형편이 없다'는 말을 듣는 것, 부모가 자식으로부터 '당신 자식으로 사는 건 끔찍해'라는 말을 듣는 것, 누군가와 사랑을 나누는데 '당신은 나무토막과 별로 다르지 않은 느낌이야'라는 말을 듣는 것처럼 얼마나 고통스럽고 상처가 되는 피드백이었을까요?

그런데 선생님의 대답은 이랬습니다. "밤잠을 설쳐가며 모색했어요. 어떻게 해야 아이들이 내 미술 수업에 기쁘게 참여할 수 있을까? 정말 절치부심하며 고민했어요." 선생님은 선생으로서의 정체성에 찾아온 고통을 정면으로 마주하고 대응했던 것입니다. 선생님은 'Rolling Ball'이라 명명한 프로젝트를 고안해냈습니다. 팀을 이루어 공이 가장 느리게 낙하할 수 있도록 보드지를 자르고 배치하는 미션을 준 수업은 요샛말로 대박이 났답니다. 아이들은 열정적으로 도전했고 그 속에서 자연스레 미술과 물리와 수리, 소통 등의 융합적 성취를 이끌어낼 수 있었다고요. 언젠가 내가 감히 '사막에서 꽃을 피워내는 선생님'이라 표현했던 그 선생님도 실은 한 학생으로부터 받은 피드백의 상처와 고통을 꽃으로 피워내면서 더 훌륭한 선생님으로 성장했던 것입니다.

고통이 존재하는 이유를 숲도 가르쳐줍니다. 빽빽하게 모여서 자라는 나무가 겪는 밀식(密植)의 고통에 대한 이야기입니다. 빽빽한 공간을 나눠 쓰며 살아야 하는 밀식 환경 속의 나무들은 서로 햇빛을 차단하기 때문에 서로의 존재가 무척 성가실 것입니다. 그런데 어느 날 자신의 햇빛을 가리던 나무가 어떤 이유로인가 사라졌습니다. 이제 사라진 나무만큼의 공간이 열리고 그래서 아래에 있던 나무는 빛을 충분히 받게 됩니다. 그런데 빛은 찬란해졌지만 몇 년 뒤 그 나무 역시 죽고 맙니다. 불어닥친 폭풍에 직접 노출되어 결국 쓰러지고 만 것입니다. 자신을 괴롭히던 주변의 나무들은 고통의 원인이기도 했지만 동시에 거센 바람을 막아주던 존재이기도 했던 것이지요.

이처럼 사람에게서든 자연에게서든 살아 있는 존재를 찾아드는 고통에 대한 사례는 수도 없이 찾아볼 수 있습니다. 그래서 일찍이 동아시아 자연철학에서는 음양과 오행 속에 생(生)만이 아니라 극(剋)이 함께 배치돼 있음을 갈파했던 모양입니다. 단순하게 말해 삶의 운행 속에는 나를 일으켜 세워주는 인연이 있는가 하면, 나를 두드리고 제압하고 꺾으려 드는 인연이 늘 함께 존재한다는 것이지요.

돌이켜보니 나 역시 그랬습니다. 나도 나를 '극' 하는 것들이 없기를 바란 적이 많았습니다. 그것은 늘 내가 뜻대로 나가는 것을 막아서는 요소였고, 나를 주저앉히려는 모습으로 찾아왔습니다. 피하고 싶었고 겪고 싶지 않았습니다. 기쁨보다는 고통을 주는 요소였기 때문입니다.

하지만 이제 분명히 알게 되었습니다. 고통은 살아 있는 모든 삶이 겪어야 하는 과정임을. 초대하지 않아도 찾아드는 그 고통을 통해 신이 우리에게 말을 걸고 있음을. 고통이 없는 삶을 목표로 삼는 것 자체가 어리석음임을. 고통이 삶에 필연적 과정으로 배치된 까닭이 바로 나를 살리기 위해서임을. 고통이 존재하는 이유는 나를 멈추게 하는 것만이 아니라 더 깊이 성장하게 하고 꽃피우게 해 향기롭게 하기 위함임을. 자연 만물과 우리 삶을 구성하는 관계적 법칙 속에 '생'만 있지 않고 '극'이 함께하는 이유를 알아채면 고통스러운 삶도 훨씬 껴안을 만하다는 것을.

“

삶의 운행 속에는 나를 일으켜
세워주는 인연이 있는가 하면,
나를 두드리고 제압하고
꺾으려 드는 인연이 늘 함께
존재한다는 것이지요.

”

들개처럼 사는 시간

1

오랜만에 남자에게 설레었습니다. 나보다 여덟 살 연상인 그 남자의 체구는 왜소한 편이었습니다. 남자는 바지를 진으로 입었고 상의는 검은색 면 티셔츠 한 장만을 입어 자신의 체구와 체형을 그대로 드러내고 있었습니다. 하지만 몸 전체에서 함부로 둔 구석을 찾을 수 없었습니다. 놀라울 만큼 맑은 피부와 눈동자를 유지하고 있는 얼굴은 웃지 않으나 웃는 듯하고, 웃지만 웃지 않는 듯했습니다. 수줍은 듯 수줍지 않고, 작은 듯 보이지만 본령은 거대하게 느껴졌습니다. 성성한 머리카락을 짧게 잘랐는데 모습이 마치 율법으로부터도 자유로워진 스님 같았습니다.

나는 그 남자를 오래전 그분이 쓴 책을 통해 만났습니다. 이후 두어 번 TV 강연으로 만난 적도 있습니다. '참 맛있다' 생각하며 읽고 들었습니다. 그러다가 얼마 전 여우숲 인문학 공부 모임의 선생님으로 그를 모시게 된 겁니다. 학생들은 요즘 워낙 여기저기에서 많이 찾는 그분을 강연료도 별로 드리지 못하는 우리가 선생님으로 모시기가 쉽겠느냐 의문을 던졌지만, 나는 '참된 인문학자라면 진정성을 가진 학도를 외면할 리 없을 것'이라며 진정성을 담아 초대해보라고 조언했습니다. 하여 학도 중 세 명이 각각 편지를 보냈던 모양입니다. 그중 한 명은 손 편지까지 써서 가르침을 청했다고 합니다. 당신 역시 그 마음을 느껴 여우숲으로 왔다고 했습니다. 그 남자는 그렇게 우리에게 선생님으로 오셨습니다.

'좋은 삶이란 무엇인가?'라는 강연 주제는 학도들이 열망한 주제였습니다. 당신의 강연은 진솔했습니다. 삼십 대 초반, 당시 박사학위 논문 작업을 앞두고 있던 청년이 걸어가던 길 위에서 마주했던 좌절, 그 지점에서 이야기를 풀어나갔습니다. "처자식이 있었지만 공부만 하느라 삶은 곤궁했습니다. 공부해오던 학문인 '철학'마저 혼란스럽게 느껴졌지요. 갑자기 그것이 뭔지 모르겠다 느껴졌고 공부를 계속해야 할 이유마저 잃은 듯했습니다. 학위를 포기하고 어렵게 중국으로 건너갔고 그곳에서 저는 들개처럼 사는 시간을 보냈습니다." 선생은 자신의 과거를 진솔하게 술회했습니다. 강연은 한 시간 동안 비처럼 내리고 폭포처럼 떨어지더니 강을 이루었습니다. 진솔한 이야기로 시작한 강연을 통해 당신은 좋은 삶에 대한 지평을 다만 넌지시 던졌습니다. 하지만 '아 맛있네. 참 맛있네.' 내 마음은 연신 교감으로 일렁였습니다.

우리는 잠시 쉬었습니다. 누군가는 선생님께 사인을 받고 사진을 함께 찍었습니다. 누군가는 숲의 바람과 소리와 향을 음미했으며 더러는 삼삼오오 환담하고 낮술을 마시면서 쉬었습니다. 이후 두 시간 넘게 참가자들의 질문과 선생의 답변이 오갔습니다. 그 공부가 계속될수록 당신이 단순한 지식인에 머무는 사람이 아님을 느꼈습니다. 단지 노자를 연구한 지식인이 아니라 노자를 '체화'하여 살고 있는 사람이라는 느낌이었습니다. 나도 평소 당신의 주장에 대해 품고 있던 궁금함을 질문으로 드렸습니다. 곳곳에서 다른 이들의 질문이 꼬리를 이었습니다. 질문이 풍부하고 자유로운 것은 열망이 뜨거워서일 것입니다. 질문이 공부의 시작이라 믿는 나에게 매달 이 숲에서 재현되는 광경은 가슴 벅찬 기쁨입니다.

그중에서 가장 뜨거웠던 질문은 역시 자기 '욕망'에 근거한 질문이었습니다. 지금 자기의 삶에 분노하고 있는 청춘 몇 명이 서로 비슷한 처지의 고백과 질문을 내놓았습니다. "해야만 하는 일을 하고 살지 말고, 하고 싶은 일을 하며 살라 하시는 선생님의 말씀을 실천한다는 것이 쉽지는 않습니다. 현실을 넘어서기가 너무도 어렵고 심지어 두렵습니다. 어떻게 해야 하나요?"
　질문을 들으며 나는 생각했습니다. '어쩌면 이 시대에 질문을 촉발시키는 힘이야말로 저 남자의 위대함이겠구나.' 그의 저술과 강연에는 위대한 힘이 관통하고 있었습니다. 그것은 무위의 철학에 대한 다양한 오해와 편견으로 점철되어온 오래된 노자를 지금 여기로 불러내는 힘이었습니다.

좋은 삶을 향한 열망은 있으나 무지와 두려움 앞에 쩔쩔매고 있는 청춘들로부터 질문을 받은 저 담대한 남자는 적절한 문장을 탐색하고 있었습니다. 최대한 덜 아프게 알려줄 단어와 문장을 고르는 모습이 짧은 순간 역력하게 보였습니다. 사실 그 질문에 대한 답은 이미 강의 서두에 당신이 겪고 감당하며 걸어온 삶의 이야기에 다 담겨 있었는데, 어떤 특별한 매뉴얼이라도 있을 것으로 생각하는 우리의 습관이 답을 알아채지 못하도록 가로막고 있었습니다.

2

신념과 지향이 벽을 마주했을 때, 걷던 길이 뚝 끊겨 절벽이 발앞에 놓인 것 같을 때 비로소 삶은 새로운 박동을 시작합니다. 그렇다면 '들개처럼 살았던 시간!' 그 술회가 바로 그의 답일 것입니다. 그 선생님은 서른두 살까지 해왔던 공부에 대한 회의가 들었다 했습니다. 박사학위 논문을 쓰기만 하면 되는데, 마지막 과정만을 앞두고 있던 때 회의감이 가득했다고 했습니다. 해오던 공부는 물론이고 지녀온 신념, 지향, 심지어 삶 전체에 대한 회의감이 쏟아졌다고요. 그것은 벽 혹은 절벽을 마주한 느낌이었을 것입니다. 문득 삶이 남루하게 느껴지고 연구자로서의 성취감도 보잘것없다 여겨진 순간, 선생은 다 포기하고 만주벌판으로 나섰다고 했습니다. 그리고 들개처럼 사는 시간을 보냈다고 했습니다.

나의 스승도 살아계실 때 비슷한 회상을 내게 들려준 바 있습니다. '마흔 어간에 직장인으로서의 내 삶이 코너에 몰리고 있다는 것을 느꼈다. 삶에 극적인 전환이 필요하다는 것을 직감했다. 하지만 전환을 향해 발을 내딛지 못하는 스스로가 한심했다. 결국 밥에 대한 두려움 때문임을 알아챘다. 그래서 밥을 굶어보기로 결심했다. 굶주림의 끝을 만나보기로 했다.' 나의 스승은 그렇게 지리산 자락으로 스며들어 단식을 시작했다고 했습니다. 스승님은 훗날 내게 당시 당신의 경험과 깨달음을 이렇게 표현했습니다. '강을 이루고 싶다면 떨어져야 한다. 떨어지지 않고 강을 이룰 수 있는 폭포수가 있더냐!'

나 역시 그랬습니다. 마흔 살을 향해가던 즈음, 삶에 대해 뼛속 깊이 회의했습니다. 내 삶의 주인이 내가 아니라는 자각은 몸으로 말을 걸어왔습니다. 여기저기가 아팠습니다. 그러다가 숲을 만났습니다. 숲에 깊게 빠져들자 어느 순간부터 나무와 풀의 소리를 듣는 귀가 열리기 시작했습니다. 마침내 숲으로 떠나기로 결심해놓고 두려워하는 내게 스승님은 떨어지지 않고 강을 이룰 수 있는 폭포수는 없다는 이야기를 해주었던 것입니다.

앞의 선생님은 그것을 '들개의 시간'이라 말했고, 나의 스승은 그것을 '추락하는 시간'이라 설명했습니다. 이제 당시 그 말씀을 해주셨던 스승님의 나이가 된 나는 후배들에게 그것을 '엎드려 통곡하는 시간'이라 표현합니다.

집을 나와 들판을 선택하면 안락한 집은 이미 사라진 것입니다.

들판을 택한 개는 풍찬노숙의 나날을 보내야 합니다. 바위 밑으로 기어들어가 비바람을 피하는 방법에 익숙해져야 합니다. 운이 없는 날은 가시덤불 속에서 그저 숭숭 눈보라를 비켜야 합니다. 차려진 밥그릇은 이제 없습니다. 스스로 사냥하는 법을 익혀가겠지만, 뜻대로 되지 않는 날은 어느 집 개의 밥그릇을 훔치기 위해 악다구니를 써야만 합니다. 때로는 비럭질을 해야만 하고 이도저도 안 통하는 날은 그냥 굶어야 합니다. 얕은 개울물을 휘돌며 흐르던 안온함은 사라지는 시간이 도래하는 것입니다. 폭포 아래로 길게 떨어지면서 바닥에 놓인 돌들과 부딪혀 박살이 나고 산산이 흩어지며 피멍을 추슬러야 하는 시간, 엎드려 통곡하고 포복하며 울부짖는 날이 언제 끝날지 도무지 기약할 수 없는 시간입니다.

그래서 대부분은 엄두를 내지 못합니다. 들개로 사는 시간, 추락하고 또 엎드려 통곡하는 시간을 누가 만나고 싶겠습니까? 하지만 여기의 자신에게 분노하고 절망한 사람, 마침내 진짜 자기의 삶을 살고 싶은 사람이라면 반드시 그 눈물겨운 시간을 만나야 합니다. 그래야 머리로는 도저히 알 수 없는 경지의 세계와 마주할 수 있습니다. 떨어지며 자신을 박살내봐야 두려움의 본질을 간파할 수 있고, 들개로 사는 시간을 보내봐야 싸움의 기술을 터득할 수 있습니다. 엎드려 통곡하는 날들을 보내봐야 더는 거짓에 속지 않을 수 있는 새로운 자신을 탄생시킬 수 있습니다. 마침내 무쇠팔 무쇠다리처럼 강인해지고 또한 큰 강물처럼 담대하면서, 동시에 부드러운 움직임을 구사

할 수 있는 자신으로 거듭날 수 있습니다. 하루하루 스스로 사냥하는 기술을 터득해가게 됩니다. 하여 몇 날의 굶주림과 비바람을 두려워하지 않는 강인하고 담대한 사람으로 거듭날 때, 그 사람은 비로소 새로 태어나게 됩니다. 새로 태어나기 위한 시간이 바로 들개로 사는 시간입니다. 추락하는 시간이고 엎드려 통곡하는 시간입니다.

감응,
마음은 어지럽고 잠은 오지 않는 밤

유리알처럼 맑고 동화처럼 정직한 사람, 첫사랑처럼 순수했던 사람, 나에게는 둘도 없이 막역했던 벗, 그 사람. 마흔 여덟에 제대로 나눈 작별 인사도 없이 세상을 떠났다는 소식. 아직 열여덟도 다 채우지 못한 아들과 그보다 두 살이나 더 어린 딸, 첫 사랑으로 만나 함께 살아온 아내, 외아들을 잃은 노모와 넷이나 되는 누이들, 그리고 소식을 듣고 황급히 달려온 친구들이 그의 영정 사진을 옆에 두고 둘러 앉아 소주병을 연신 비운 다음 날.

약속대로 시인 박남준 선생님이 숲으로 오셨습니다. 야속하게 가버린 아직 젊은 벗과 그의 가족 곁에서 그 사람 마지막 가는 사흘을 다 지키고 싶었지만, 시인을 모신 공부모임에서 기대하는 내 자리를 외면할 수 없어 잠시 빈소를 빠져나왔고, 여우숲 숲학교 교실 뒷자리에 앉았습니다. 슬픔을 온몸에 머금고, 시인이 읽어주는 시를 들었습니다. 낮게 음악이 흐르게 하고 시인은 먼 산을 응시하며 자신의 시를 낭독했습니다. 그럴 때마다 나는 눈을 감고 시인의 호흡을 따라갔습니다. 시인의 눈으로 시 속 풍경과 마주했습니다. 시인의 슬픈 노래에서는 가슴

이 터질 듯 슬펐고 반짝이는 노래에서는 내 마음도 반짝이며
일렁였습니다.

눈발이 흩날리는 마당에서 만났다
축대 한쪽 여태 초록을 거두지 못한 채
시절을 넘긴 머위 잎 위에
노란, 무척이나 노랑이 눈에 띄었다
작은 나뭇잎인가 이 삼동의 뜨락에
평소 전혀 곁을 주지 않던 녀석
무섭게 인기척을 알아차리고
낫 나풀 날아가버리곤 했지

삶이 다한 것인가
살며시 잡았다 노랑 날개
잎에서 떼어지지 않는다
저 가녀린 거미줄 같은 발가락으로
흐트러짐 없는 몸가짐을,
생의 마지막을 그렇게 꼭 붙잡고 있었던 것이냐
누군가의 죽음도 그럴 것이다
차마 놓지 못하고 눈 감지 못하고

시든 머위 잎을 끊어 방에 들어왔다
가만있자 저 나비 꽃 무덤을 마련해볼까

아직 피어 있는 쑥부쟁이나 산국꽃 위에라도

바람이 불고 다시 또 눈발이 날린다
마당가 꽃이 진자리마다
내 눈에는 이 세상 온통 노랑의 꽃 무덤이다
　－ 박남준, 『중독자』, 「노랑의 꽃 무덤」 전문

눈을 감고 따라간 시인의 시선과 굼벵이처럼 느릿느릿 읽은 시
인의 시집에서 나는 아주 조금 알아챌 수 있었습니다. '시인의
시선이란 이런 것이구나. 놓치지 않는구나. 삶에 찌든 나 따위
의 눈에는 마냥 하찮을 사태와 사연이 시인의 눈에는 아픈 사
건이 되고 신통방통한 신비가 되거나 함께 나누지 못해 미안한
슬픔으로 찾아드는 것이구나. 아, 시인의 마음에는 고감도 감
응의 센서가 장착돼 있나 보다. 아, 그러니 시인은 때로 얼마나
아플까. 아, 그러니 시인은 또 얼마나 노래하고 춤추고 싶을까.
모진 세상에서 살아남기 위해 갑옷과 가면, 분칠 따위로 덕지
덕지 무장한 우리네 눈에는 보이지 않는 것이 그의 눈에는 보
이고, 감응되지 않는 사태들이 모두 그의 가슴으로 스미고 고여
시가 되니 시인의 눈과 마음은 얼마나 순결한 것인가!'

밤늦도록 이어진 숲학교의 뒷자리를 나는 먼저 털고 일어났습
니다. 돌아올 수 없는 먼 길을 떠나는 벗을 배웅하러 빗속으로
가야 하므로. 나중에 들으니 시인은 새벽이 되도록 자리를 지

켰다고 합니다. 참된 삶을 고민하러 경향 각지에서 모인 이들과 술잔을 주고받았으며 시 몇 편을 더 읽어주었고 노래도 불러주었다고 들었습니다. 기쁜 시 한 편처럼 하루를 보내고 벗이 화로 속에서 재가 되어가는 순간을 지키는 동안, 시인은 다시 지리산으로 길을 놓으신 모양이었습니다.

작은 항아리 속에 담겨 나올 벗을 기다리는 사이, 비는 그치지 않았습니다. 빗속에서도 그가 머물 공원의 앞산은 노을처럼 타오르는 붉은 가을로 가득했습니다. 벗이 기거할 새로운 집이 된 항아리는 따뜻했습니다. 나는 그 작은 집을 어루만지며 눈물로 고백했습니다. '그대가 나의 친구여서 참 좋았다. 이곳을 지날 때마다 그대가 그리울 게다. 그대와 내가 청춘에 함께 들었던 노래가 어느 거리에서 흐를 때에도, 떠나기 전 함께 걸었던 산성과 공원에서도 나는 그대를 마주할 것이다. 함께 올랐던 산, 함께 걸었던 길, 어릴 적 함께 벌거벗고 놀던 개울가, 그리고 우리 자주 가던 음식점, 그대가 붙들고 주정을 하던 변기에서까지……. 나는 그 모든 것에 감응하며 그대를 곁에 있는 존재처럼 기억하고 사랑할 것이다. 사랑한다. 나의 벗.'

벗을 보내고 돌아온 저녁, 밤이 늦도록 술을 마셨습니다. 그리고 걸었습니다. 이슬 같은 가랑비가 내리고 어깨는 습기를 고스란히 머금었습니다. 한기가 전해왔습니다. 돌아와 방에 누우니 천정이 빙글빙글 돌았습니다. 소용없는 생각들이 춤을 추었습니다. '아주 잘 감응하는 눈과 마음을 가진 이가 시인이라면 세상에 시인이 더 많아져라. 꽃 한 송이, 나비 한 마리의 열망에 더 잘 감응하는 인간, 아이들의 열망과 호기심에 더 잘 감응하는 부모, 학생들에게 더 잘 감응하는 선생님, 시민에게 더 잘 감응하는 정치인……. 도처가 시인의 눈과 마음을 가진 사람들로 채워져라.' 마음은 어지럽고 잠은 오지 않는 밤.

"
아주 잘 감응하는 눈과 마음을
가진 이가 시인이라면 세상에
시인이 더 많아져라.
"

삶에 답하는 숲

지속성의 힘,
비움

우리가 사는 이 지구에 처음으로 숲을 이룬 식물은 양치식물 석송류로 알려져 있습니다. 이 중 숲의 전성기였던 석탄기에 육지의 모든 습지를 점령하면서 지구상에 처음으로 숲을 형성한 식물이 있는데, 그 식물의 이름은 '레피도덴드론(Lepidodendron)'입니다. 레피도덴드론은 놀랍게도 20~30미터 정도의 키에 2미터 정도의 굵기로 제 몸을 키울 만큼 성장과 축적의 원리를 일찌감치 터득한 식물이었습니다. 잎이 떨어진 자리에 뱀가죽 비늘 같은 흔적이 있다 해서 '인목(鱗木)'이라고도 불렸습니다. 연구자들에 따르면 이 식물은 전 세계에서 화석으로 발견되었는데, 우리나라에서도 발견된 바 있다고 합니다. 하지만 레피도덴드론은 현존하지 않는 식물입니다. 한때 장대하게 살았으나 지금은 영원히 사라진 화석식물인 것이지요.

한편 비슷한 시기에 살기 시작했으나 우리가 지금도 흔하게 만날 수 있는 식물 중에 '쇠뜨기(Equisetum arvense L.)'가 있습니다. '뱀밥'이라는 별칭으로도 불리는 쇠뜨기는 이름과 관련하여 몇 가지 설이 있습니다. 그중 소가 잘 뜯어먹는 풀이라서 붙은 이름이라는 설명이 있으나, 쇠뜨기는 사실 삶아서 소에게 여물로 주어도 잘 먹지 않는 풀입니다. 오히려 이 풀에는 규소 (Si) 성분이 많아서 뜯어서 삽이나 쟁기를 닦으면 윤이 나도록 잘 닦이는데, 그 특성을 포착해 쇠를 뜨는(연마하는) 풀이라 부르다가 쇠뜨기로 정착했다는 설명이 더 설득력 있어 보입니다. 혹은 이 식물의 줄기를 뜯어보면 마디마디가 속속 잘 뜯기는데, 그 뜯기는 모양에서 속뜨기라 칭해지다가 쇠뜨기로 굳어졌다는 설이 더 그럴싸해 보입니다.

이름은 그렇고, 지금 여기서 강조하고 싶은 것은 쇠뜨기의 키가 고작 20~30센티미터 정도밖에 되지 않는다는 점입니다. 레피도덴드론에 비하면 형편없이 작고 보잘것없는 모양인 것이지요.

하지만 흥미로운 것은 레피도덴드론 같은 석송류는 최초의 육상식물에서 진화하여 성장과 축적의 원리를 터득하면서 거대 숲까지 이루어 찬란했지만 끝내 대부분의 종이 사라졌다는 것입니다. 반면 쇠뜨기는 아주 작은 키를 유지하면서도 우리의 숲 언저리와 들판, 논둑 밭둑 등에서 지금도 쉽게 찾아볼 수 있을 만큼 흔하지만 당당히 제 종을 유지하며 삶의 번영을 지켜내고 있다는 점에서 아주 특별합니다. 대부분의 석송류가 그러했듯 레피도덴드론은 석탄기에 번성했고, 페름기 중기에 멸종했습니다. 연구자들은 그 원인을 지구가 건조해졌기 때문이라 보고 있습니다. 그 결과 현재는 일부 작은 석송류들만이 남아 있습니다.

그렇다면 대략 3억 년이 넘는 아주 길고 긴 시간을 거쳐서 살고 있는 쇠뜨기는 도대체 어떤 비법을 익혀 변화한 환경 속에서도 삶을 지속하고 있는 것일까요? 우선 레피도덴드론이 Y자형으로 가지를 만든 뒤 20미터 이상 키를 키우고 그 높이를 유지하기 위해 2미터가량이나 몸집을 불리는 선택을 했을 때, 쇠뜨기류는 오히려 키를 작게 하고 짧은 가지를 만들었습니다. 다음으로 레피도덴드론은 지금의 나무들과 달리 견고하지 못한 몸집의 상태였기에 키를 키우려면 그만큼 굵기도 함께 키워내야 했지만, 쇠뜨기는 작은 키를 만들고 오히려 속을 비워냈습니다. 주축은 굵게, 속은 텅 비움! 줄기의 속을 비워서 지상부를 지탱하는 힘을 높인 것이었습니다.

뿐만이 아닙니다. 쇠뜨기들은 논둑이나 밭둑에 잘 서식하는데, 농부들은 둑이 무너지지 않도록 수시로 흙을 얹어가며 두드리고 손을 봅니다. 이때 쇠뜨기들은 잘려 나가기도 하고, 덧씌우는 흙에 파묻히기도 하는 고난을 겪습니다. 그런데도 그들은 살아남고 또 살아남아왔습니다. 비결은 단연 깊게 박는 뿌리에 있습니다. 유럽에서는 1.6미터까지 뿌리를 파고들었다는 연구보고가 있었다고 합니다. 지상부를 잃으면 지하부를 지켜냈다가 다시 자라는 삶의 꼴을 만들며 모질게 삶을 이어온 것이지요.

여우숲 근처에서도 쉽게 볼 수 있는 쇠뜨기를 오늘 가만히 보다가 비운다는 것에 대해 생각해보았습니다. '어쩌면 비움, 그

것이야말로 채움보다 더 훌륭한 삶의 자세인지도 모르겠다. 레피도덴드론이 더 많은 것들을 축적하며 한때 영광을 누리는 듯했지만 끝내 멸종했지 않은가? 결국은 작고 보잘것없는 쇠뜨기가 수억 년의 삶을 누리며 살아 있는 화석식물의 영광을 차지하고 있지 않은가!' 쇠뜨기의 간결함과 가벼움이 만들어내고 있는 지속성과 끈질김에 다시 한 번 감탄하게 됩니다.

우리 일상도 크게 다르지 않습니다. 우리는 무언가를 자꾸 채우려 할 때 삶이 복잡해지는 것을 경험하게 됩니다. 복잡해지면 집중하기 어렵고, 따라서 스스로 가고자 하는 길을 향해 하루하루의 수련을 지속하기도 어려워집니다. 무슨 법칙처럼 꼭 그렇게 됩니다. 견고해 보이는 콘크리트 전봇대도 사실 그 속은 기둥을 따라 비워져 있기에 더욱 단단하게 자리를 지킬 수 있습니다.

그런 비법을 알면서도, 요즘 내 삶은 자꾸 내 것이 아닌 무언가로 들어차고 있다는 사실을 자각하고 반성하게 됩니다. 당분간 쇠뜨기처럼 살아야겠습니다. 비움, 그것으로 더 오래 지속할 수 있는 쇠뜨기의 지혜 말입니다.

밤 숲에서 만나는
두려움에 대한 선물

이따금 주변에서 실수 혹은 실패가 두려워서 단 한 걸음도 나가지 못하는 사람들을 봅니다. 어떤 이는 그런 이유로 결혼을 하지 않고 있습니다. 그는 부모님의 결혼생활과 가까운 지인의 결혼생활이 그렇게 행복해 보이지 않았다고 합니다. 그들의 거울에 자신의 미래를 자주 비춰 보았다고 했습니다. 또 다른 어떤 이는 자연에 들어 사는 꿈을 가슴에 품었으면서도 수년 동안 여기저기 기웃거리기만 할 뿐 여태 살고 싶지 않은 도시에서 늘 불만족한 삶을 살고 있습니다. 그의 주저함 역시 귀농 혹은 귀촌이라는 낯선 삶이 실패로 이어지지는 않을까 하는 염려 때문임을 나는 알고 있습니다.

이 숲은 지금 막 단풍이 드는 중입니다. 그윽해지는 숲이 참으로 좋아서 최근 며칠 동안은 밤 숲을 서성였습니다. 시절은 보름 어간, 보름 전후의 달은 숲의 밤을 미치도록 아름답게 적셔놓고 있습니다. 그 고요, 그 맑은 어둠이 멀리 부엉이 울음과 섞이면 숲을 걷는 내 가슴은 속절없이 벌렁거립니다. 아, 어지러울 만큼 충만한 순간입니다. 어느새 떨어져 대지를 덮은 산벚나무 잎사귀들을 밟고 서서 밤하늘을 오래도록 바라보다가 느릿한 걸음을 다시 놓아봅니다. 메마르지 않아서일까요, 일찍 떨어져 쌓인 낙엽은 소리를 내지 않습니다. 달 숲에 흐르는 고요를 소리도 없이 떨어진 때 이른 낙엽들은 차마 헤치지 못하는 모양입니다.

이 계절, 달빛에 발가벗은 몸을 드러내기 시작하는 나무들의 가지를 감히 여인의 몸이 가진 빛나는 아름다움에 견줄 수는 없습니다. 다만 번뇌가 일으키는 온갖 아우성조차 몸으로 품고 새기며 나이테 하나를 더한 저 가지들의 성장은 차라리 숙연한 아름다움이라 할 수 있겠습니다. 어둠이 깔린 밤 숲을 거닐고 있지만 미명 속에서도 산벚나무가 여름내 성장하며 감내한 상처들을 느낄 수 있었습니다. 동쪽으로 뻗었던 가지는 느티나무 그늘에 갇혀 시들었고, 남쪽으로 뻗었던 가지 한두 개는 이미 오래전 바람에 부러져 바닥을 뒹굴다가 썩기 시작했습니다. 올해는 그저 서쪽 참나무 틈새로 뻗었던 가지들만이 겨우 자리를 잡았습니다. 내년에는 더 부지런히 자라야만 저 아득하니 높은 하늘을 열고 가지를 지켜낼 수 있을 것입니다.

우리 사람이 실수 혹은 실패가 주는 두려움에 갇혀 발을 내딛지 못하는 동안에도, 숲에 사는 나무들은 주저하는 법이 없습니다. 도피할 수도 없는 붙박이의 숙명을 받고 태어나 평생 빛과 양분을 향한 치열한 경쟁을 이어가야 하는 생명이지만, 나무는 오직 자신이 열고 싶은 하늘을 바라보며 순간을 살아낼 뿐

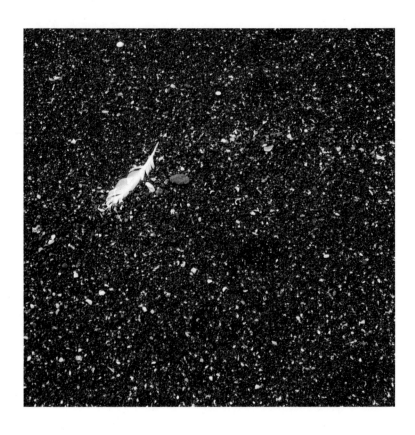

입니다. 봄부터 여름까지 새 가지를 뻗어내면서도 나무는 도달하고 싶은 하늘에 닿을 수 있을지 닿지 못할지를 염려하지 않습니다. 산벚나무가 가지 몇 개를 잃으며 나이테 하나를 더하듯, 뻗은 가지들 중에 겨우 한두 개만이 옹색하게 하늘을 연다고 해도 그들은 주저하지 않습니다. 어쩌면 나무는 이미 알고 있는지도 모릅니다. 성장 중에는 잃어버릴 수밖에 없는 가지들이 있고, 그것들이 발 아래로 떨어져 썩어야 비로소 다시 힘이 되어 더 단단한 줄기를 성장하게 도울 것이라는 사실을. 본래 실수이거나 실패라는 놈은 그렇게 모든 생명에게 주어진 삶의 일부라는 사실을!

실수와 실패가 두려워 움직일 수 없다는 당신, 달 좋은 어느 날 숲으로 오세요. 내가 그대와 함께 미명의 숲을 거닐겠습니다. 먼저 목격했던 나무들의 모색과 실패, 성취의 원리를 그대에게도 보여드리겠습니다. 두려움에 떠는 그대에게, 삶이란 본래 실수와 실패를 거름 삼아 성장하고 깊어지는 것이라는 확신을 밤 숲의 선물로 드리겠습니다.

　오늘도 달은 밝고 이 숲의 밤은 어지러울 만큼 아름답군요.

넘어지지 않기 위해 필요한 것

2012년 발생했던 태풍 볼라벤과 덴빈은 강력했습니다. 보도된 바와 같이 곳곳에 크고 작은 재해가 발생했습니다. 여우숲이 있는 충북 괴산에도 큰 사건이 발생했습니다. 600년이 넘는 세월을 살아왔고 천연기념물로까지 지정된 괴산 '왕소나무'가 뿌리째 뽑혀 쓰러진 사건입니다. 왕소나무는 나의 첫 책『숲에게 길을 묻다』에도 사진을 실었던 적이 있는, 이곳 괴산 지역의 명물입니다. 언론에서도 왕소나무를 소재로 한 보도가 여러 차례 있었던 것으로 알고 있습니다. 용이 승천하는 듯 줄기를 비틀며 자란 왕소나무의 모습은 보는 이들이 결코 함부로 대할 수 없는 신성함을 줄 만큼 장엄했습니다.

그랬던 나무가 태풍에 맥없이 쓰러졌다 하니 저 역시 가슴이 아팠습니다. 당장 달려가 쓰러진 왕소나무를 보았습니다. 가슴이 마구 두근거렸습니다. 충격은 아주 컸습니다. 군을 비롯한 관계 기관에서도 왕소나무의 회생을 위해 긴급 조치를 내놓았는데, 바로 세우는 작업이 어려워 쓰러진 채로 회생을 모색하기로 결정하였다 합니다. 하지만 수백 년 동안 왕소나무와 함께 살아온 마을 사람들이 받은 충격과 상실감은 너무나 큰 듯

했습니다. 주민들은 마을을 지켜주던 신령스러운 존재를 한순간에 잃은 듯 큰 실의에 빠졌습니다. 주민들은 사고가 일어나기 전에 왕소나무가 위험해 보인다고 관계 기관에 제보까지 했었는데, 기관이 문제 해결에 소홀했던 탓에 이런 사태가 벌어졌다며 진상조사를 촉구하는 현수막을 내걸었습니다. 보도에 따르면 주민들은 태풍이 오기 한참 전에 왕소나무의 뿌리가 들린 것 같으니 조치를 해달라고 관계 기관에 청을 넣었다고 합니다. 관청은 전문가들을 파견해 현장 조사를 했는데, 큰 이상이 없어 보인다는 진단을 내린 바 있다고 합니다. 하지만 왕소나무는 태풍 볼라벤을 견디지 못하고 허무하게 쓰러졌습니다.

워낙 강력한 태풍이었으니 왕소나무가 쓰러진 것은 천재지변에 해당한다고 보는 이도 있을 것입니다. 왕소나무가 살던 곳에서 그리 멀지 않은 속리산 근처의 정이품송도 같은 태풍 때문에 얼마 남지 않은 가지를 잃는 상처를 겪었다는 사실을 고려해보면 어쩔 수 없었다는 생각이 들기도 합니다.

그럼에도 불구하고 한 가지 정말 아쉽게 여겨지는 것이 있습니다. 바로 왕소나무의 굵은 가지 하나를 떠받쳐놓았던 쇠로 만든 지지대입니다. 움직일 수 없는 형벌을 지니고 사는 나무들은 태어난 자리에서 자신을 지키기 위해 스스로 다양한 장치를 구사합니다. 그중의 하나가 'T/R율'이라 부르는 균형 메커니즘입니다. 나무들은 일반적으로 '지상부[Tree]와 지하부[Root]의 비율'을 스스로 조절하는 능력을 가지고 있습니다. 땅속 뿌리와 지상의 줄기 및 가지의 비율을 거의 1:1로 유지함으로써 균형을 유지하는 것이지요.

하지만 천연기념물로 지정된 왕소나무의 경우 지상부 가지 중에 대단히 육중한 가지 하나가 쇠 받침대에 의존하여 계속 자라고 있었습니다. 그 웅장한 모습을 유지하여 지켜보기 위한 것이었겠지요. 받침대가 없었다면 아마 그 가지는 오래전에 바람의 저항이나 눈의 무게로 인해 부러졌을 것입니다. 이제 와 소용없는 이야기지만, 차라리 그렇게 가지가 흐름에 따라 자연스럽게 부러졌더라면 뿌리가 들리지 않았을 수 있었겠다고 생각하게 되는 건 어쩔 수 없습니다. 자연스럽게 지상부가 간결해지는 시간을 겪었더라면 아마 나무는 거대한 태풍에도 스스로를 지탱할 수 있었을 것입니다.

거센 바람 속에서도 넘어지지 않고 스스로를 지탱하는 거목들이 보여주는 삶의 지혜가 있습니다. 넘어지지 않기 위해 필요한 것은 모든 것을 붙들고 버티려는 자세가 아니라는 것입니다. 다시 일어설 수 없을 만큼 크게 넘어지는 일이 없으려면, 오히려 작은 것을 스스로 버리거나 잃는 일을 감내해야 한다는 점입니다. 그 태풍으로 인해 속리산 정이품송의 가지 일부가 부러진 것은 그래서 오히려 다행인지도 모릅니다. 적어도 정이품송은 왕소나무처럼 거센 바람에 뿌리가 뽑혀 쓰러지는 일은 없을 테니까요. 마찬가지 우리의 시도가 모두 성취로 남을 수 있는 것은 아닙니다. 모든 모색을 성과로 축적하고 유지하고 싶은 것

은 어쩌면 인간들만의 욕심일 것입니다. 하지만 우리는 알아야 합니다. 자칫 비대함과 불균형을 견디지 못해 어느 순간 뿌리가 뽑히며 쓰러질 수도 있음을 말입니다. 나무들의 T/R율 균형 원리에는 '상실의 지혜'가 포함되어 있습니다. 자연에서 그것은 아주 자연스러운 성장의 원리일 것입니다.

"
다시 일어설 수 없을 만큼
크게 넘어지는 일이 없으려면,
오히려 작은 것을 스스로
버리거나 잃는 일을 감내해야
한다는 점입니다.
"

삶의 가지 하나
뚝 부러졌다 할지라도

나흘 만에 오두막으로 돌아왔습니다. 집 나간 첫날 여수에서는 공직자들을 만났고 이튿날 원주에서는 공기업 직원들을 만났습니다. 어젯밤 서울 서부에서는 유치원 선생님들을 만났고 오늘 오전 서울 북부에서는 농민 지도자들을 만났습니다. 오후에는 신촌의 한 대학에서 열린 심포지엄에 참가해 유아교육 분야에 열정이 가득한 선생님들을 만났습니다. 그 자리에서 나는 오래전부터 내게 대단히 중요한 영감을 주고 계신 선생님 한 분을 반갑게 만났습니다.

돌아와 숲에 서니 달과 바람과 향기가 참 좋습니다. 모처럼 고즈넉한 마음입니다. 하지만 날이 추운데 장작을 마련해두지 못했습니다. 발 디딜 틈 없이 풀이 가득한 마당을 헤매봅니다. 가슴까지 차오른 풀숲에서 통나무 한 도막을 겨우 찾아 장작을 패고 불을 지핍니다. 몇 달째 문득문득 일어서는 생각, '이토록 바삐 살지 말아야지' 싶은 마음이 오늘도 또 고개를 듭니다. 내일은 강의를 듣자고 멀리서 숲학교를 찾아오는 두 팀을 만나야 하고, 낮과 밤 한 번씩 그들에게 강의를 해야 하는데……. 어서 눈 덮인 겨울이라도 오면 나아질까……. 이러자고 숲으로 떠나온 것은 아니지 않은가……. 또 스스로에게 묻게 됩니다.

　매끈한 참나무 장작이 느린 박자로 소리를 내며 타들어가는 동안, 나흘 여정의 마지막에 뵈었던 그 선생님을 생각했습니다. 식물생리를 연구하여 박사학위를 받으신 선생님은 한 국립대학의 교수로 임용이 결정됐습니다. 하지만 그분은 그 대학의 교수로 취임하지 못했습니다. 당신 은사의 권유로 어느 지방 소도시에 생긴 신생 대학의 신생 학과를 맡게 됩니다. 고민이 많았지만 존경하는 은사의 권유를 마다할 수 없었기 때문입니다. 그리고 그날로부터 식물생리학자로서 품었던 꿈은 좌절을 맞게 됩니다. 꾸준히 연구하고 논문을 발표하는 것이 학자에게는 무엇보다 중요한 일인데, 그 신생 대학에는 연구에 필요한 제대로 된 실험기자재가 구비되어 있지 않았고, 구입할 여건도 되지 않았기 때문입니다. 부임하던 날 실험실에 가보니 현미경 한 대조차 구비되어 있지 않았다고 합니다. 텅 빈 실험실, 그곳이 그분이 앞으로 학생들을 맞고 연구자로 살아가야 할 생물학과의 실험실이었다 하니, 당시 그가 겪었을 심정이 얼마나 무참했겠습니까? 학생은 입학했는데 그들에게 해줄 수 있는 것이 별로 없는 스승은 얼마나 고통스러웠겠습니까?

너무도 한심하고 서러운 생각이 들어 눈물을 흘린 날도 많았다고 했습니다. 무엇으로부터라도 위로가 필요했던 선생님은 무기력감이 들 때마다 근처에 있는 지리산 숲을 배회하듯 거닐었다고 합니다. 그러던 어느 날 선생님은 그 위로의 공간에서 '큰 오색딱따구리' 한 쌍을 우연히 발견하게 되었고 순식간에 그들에게 빠져들었습니다.

한데 역설적이게도 내가 그 분을 선생님으로 만날 수 있었던 계기가 바로 그의 좌절감과 배회 때문이었습니다. 선생님은 그렇게 만난 새 한 쌍이 펼쳐내는 사랑과 육아 과정에 대해서 누구도 시도한 적 없었던 감동적인 관찰 기록을 『큰오색딱따구리의 육아일기』라는 책으로 펴내기에 이릅니다. 그리고 우연히 내가 그 책을 읽게 되었습니다. 대단한 감동을 느낀 나는 나의 책 『숲에게 길을 묻다』의 '자식'이라는 편의 글에 선생님의 귀중한 관찰 기록을 요약하여 싣게 됩니다.

그리고 일 년쯤 지난 어느 날, 실제로는 뵌 적 없었던 그 책의 저자가 나를 찾아왔습니다. 맑고 깊은 눈, 야생을 누벼 얻은 구릿빛 피부색, 따뜻하고 편안한 말투, 배려가 깊게 배어 있는 행동들……. 책을 통해 글로만 만났을 때도 눈물을 지었을 만큼 감동했는데, 멀리서 직접 찾아와 마주하고 나눈 이야기와 모습에서 나는 더욱 선생님께 반하게 되었습니다. 이후로도 우리는 이따금 소식을 나누었습니다. 선생님은 이제 어떤 새 전문가보다 깊이 있는 새 전문가가 되었습니다. 새롭게 책을 출간할 때마다 여전히 당신의 책을 보내주십니다.

우리는 모두 살아오다가 중요하게 키워냈던 가지를 하나씩 잃어버린 공통점을 가졌습니다. 선생님은 귀하게 쌓아온 전공 분

야에서 본의 아니게 좌절을 겪었고, 나는 이십 대에 품었던 대학 선생의 꿈을 삼십 대 때 달콤하게 느낀 엿과 바꿔 부러뜨렸습니다. 그런데 정말 다행한 점은 우리는 모두 부러져 잃어버린 가지의 상실에 갇히지 않았다는 점입니다. 선생님은 철마다 새를 관찰하면서 새롭고 귀한 기록을 쌓아가고 있습니다. 또 10년 넘게 초등학교를 찾아다니며 과학 교실을 열고 있습니다. 나는 전공과 무관하게 숲과 생명의 이야기를 인문·사회적 관점과 결합하여 풀어내고 있습니다. 우리는 각자 모질게 고단한 날에도 대중들의 요청을 따릅니다. 우리는 그들에게 자연과 생명이 얼마나 소중한지, 또 그것에 비춰 우리가 삶을 어떻게 대해야 하는지, 하루하루 새롭게 살아야 하는 이유가 어디 있는지 힘주어 소문내는 삶을 살고 있습니다. 선생님은 때로 단돈 5만 원의 출강비를 받으면서도 초등학교 아이들을 만나고 계시다 했습니다. 나 역시 몸살을 얻어 끙끙 앓는 날이 잦을 만큼 고단하지만, 사람들을 만나 그들이 숲과 생명의 이야기에 눈빛을 반짝이고 가슴을 덥히는 것을 느낄 때면 환장할 것 같은 즐거움이 몰려와 이 일을 멈출 수가 없습니다.

살다가 삶의 큰 가지 하나 뚝 부러졌다고 할지라도 멈추지 말아야 할 것입니다. 나무가 그렇고 풀이 그렇습니다. 나무와 풀은 부러지거나 잘려나간다고 생을 포기하지 않습니다. 거기에서 다시 시작합니다. 남은 가지나 줄기에서, 그것도 없으면 뿌리에서 새로운 줄기와 잎을 키워냅니다. 상실하는 지점에서 기어코 새로운 꽃을 피우고 마침내 열매를 맺어냅니다. 우리도 믿어야 합니다. 부러진 가지 바로 아래에 새로운 눈이 숨어 있다는 것을 믿어야 합니다. 그 눈을 틔워 새 가지를 피워내야 합니다.

　나는 내일 기다리고 있는 또 한 번의 고단한 강의 일정을 기쁨으로 맞이할 것입니다. 백오산방은 지금 푸른 달빛이 아궁이 속 붉은 장작불과 만나 한판 춤을 추고 있습니다.

삶에서 불만할 것과
불만하지 않을 것을
구분한다는 것

이따금 삶을 작은 손수건이라고 가정해보곤 합니다. 삶이라는 손수건은 다른 직조물들처럼 아주 많은 씨줄과 날줄이 교차하면서 천을 이룹니다. 삶을 이루는 그 씨줄과 날줄 중에 몇 가닥을 가만히 해체하여 뽑아봅니다. 어떤 날은 '돈'이라는 실을 뽑아서 살펴봅니다. 태어나서 지금까지 내 삶의 일부에 지독하게 관여해온 '돈'이라는 실은 어떤 흐름을 가졌는지를 본 적도, '사랑'이라는 실을 뽑아서 살펴본 적도 있습니다. 혹은 '공부'이거나 '건강', '열망' 같은 실을 길게 뽑아내어 찬찬히 들여다본 적도 있었지요.

　어느 것 하나 평탄한 것이 없었습니다. 모든 것이 구불구불 흔들리는 모양의 실이었습니다. 어떤 실은 결핍 가득한 상태로부터 시작해서 여전히 모자람 속에 머물러 있고, 어떤 실은 넘치게 시작됐으나 점점 메말라 가늘게 사윈 꼴의 실이 되어 '오늘'의 삶을 꿰고 있습니다. 내 삶이라는 손수건에 확대경을 대고 보면 그래서 곳곳에 성긴 구멍이 있고, 다른 몇 곳에는 지나치게 조밀한 협착의 지점들이 있습니다.

　하지만 나는 그 모양새에 불만이 없습니다. 예전에는 내 삶을 이루는 어떤 실의 시작점이나 꿰고 나가는 모양새가 참 못마땅한 적이 있었는데, 이제는 '그것이 삶이구나! 너무 가녀리거나 지나치게 비대한 실들이 성기거나 조밀한 구석을 만드는 것이 삶이구나!' 하고 느낍니다. 모든 사람의 삶이 사각의 손수건처럼 대동소이한 모양으로 한정된 것처럼 보이지만, 그 모양을 이루는 삶의 씨줄과 날줄은 그렇듯 다양한 것이구나……. 이제야 겨우 삶의 내막을 알아채게 되었습니다. 그러자 내 손수건 모양에 불만이 없어졌습니다. 결국 삶을 구성하는 다양한 실의 시작점에 대해서는 불만하지 말아야 하고, 오히려 불만해야 할 지점은 한 올 한 올의 실을 힘껏 어루만지고 정성껏 다듬어 나만의 고유한 모양을 이루어가지 못하는 지점, 바로 자기 경영의 지점이어야 한다는 것을 알게 되었습니다.

원주에 갔다가 돌아오는 길, 모처럼 아내와 딸을 만나러 가는 길이었는데 마지막 재를 넘는 곳에서 폭설을 만났습니다. 그곳으로 넘어가는 국도의 모든 고갯길에서 차들이 줄지어 멈춰 섰습니다. 겨우 우회로를 찾고서야 무사히 도착할 수 있었고, 세 식구가 모처럼 따끈한 '집 밥'을 나눴습니다. 어둠 내리고 길은 얼었습니다. 그 위에 다시 눈이 쏟아지고 있습니다. 숲에 갇히지 못하고 도시에 갇힌 격이나, 갇힌 곳에서 즐거움을 누리고 있습니다. 길이 뚫려 숲으로 돌아갈 수 있다 해도 당분간은 걸어서 여우숲을 오르내려야 할 듯합니다. 겨울 농사를 짓기에 딱 좋은 시절로 삼을 작정입니다. 불만할 것과 불만하지 않을 것을 구분한다는 것, 평화에 이르는 한 방법입니다.

모든 성장에는
어둠이 필요하다

모처럼 지게를 지고 숲으로 들어갔습니다. 틈날 때마다 장작을 패서 쌓아두고 있지만, 덩어리가 큰 장작에 불을 붙게 하려면 적당한 크기의 잘 마른 불쏘시개가 꼭 필요합니다. 해서, 숲에 눈이 가득 쌓이기 전에 불쏘시개로 쓸 작은 나뭇가지들을 주워 아궁이 옆 한쪽 구석에 쌓아놓으려는 목적이지요. 더 근원적인 이유는 고요해진 겨울 숲을 걷고 느끼고 싶다는 생각이 강렬하게 일었기 때문입니다. 그 시간이야말로 방 안에서보다 훨씬 깊은 침묵과 비움을 만들 수 있으니까요.

동지를 앞둔 겨울 숲의 오후 4시 반, 어둠이 내리기까지 한 시간도 남지 않았습니다. 곧 어둠이 내릴 것입니다. 하지만 숲에서 홀로 이 어둠을 만난 시간이 벌써 8년, 충분히 익숙해진 내게는 어둠이 다가서는 시간에 쫓겨 서두를 일이 별로 없습니다. 그늘에는 눈이 쌓였고, 빛이 좋은 자리에는 눈이 녹아 있습니다. 눈이 녹은 자리에는 검은 물감을 섞은 듯한 잿빛 낙엽들이 축축이 젖은 채로 쌓여 있습니다. 그 위로 검은 빛깔의 말채나무 열매가 수북이 쌓여 있기도 하고, 어느 자리에는 산사나무 열매가 드문드문 떨어져 있기도 합니다. 다른 자리에서는 이따금 일본잎갈나무 솔방울이 작은 가지에 붙어 있는 채로 떨어진 모습도 보입니다.

열매가 떨어진 자리에 선명한 흔적이 새겨진 나무들도 있습니다. 층층나무가 그렇고 말채나무가 그렇습니다. 나무들의 겨울눈은 모두 당당하게 제 꼴로 매달려 겨울을 견디고 있습니다. 비목나무의 꽃눈과 잎눈은 씩씩하고 앙증맞습니다. 생강나무 꽃눈에는 살이 한가득 오르고 있습니다. 가죽나무나 개복숭아나무의 꽃눈에는 뽀얀 솜털이 덮여 있습니다. 이 나무와 저 나무 사이에 드리워진 어둑함을 재빨리 가르며 날아가는 새 몇 마리가 나의 시선을 가파르게 끌어당깁니다. 지게를 채울 생각도 잊은 채, 겨울 숲의 풍경 속으로 스며들었습니다. 참 좋은 시간이었습니다.

얼마가 지났을까요? 일본잎갈나무가 떨어트린 긴 나뭇가지들이 눈에 들어왔습니다. 털 장화를 신고 눈 쌓인 길을 살금살금 밟으며 이곳저곳을 뒤져 땔감을 주워 모았습니다. 금방 절반 정도 지게를 채웠고 이만하면 충분하겠다는 생각이 들었습니다. 지게 작대기를 짚고 비탈길을 내려올 즈음 어둠이 깔렸습니다. 동쪽 군자산이 이고 있는 먼 하늘로 보름달에 가까워진 달이 떠올랐습니다. 이제 곧 별들도 하나둘 제 모습을 드러낼 것입니다. 나무에게도 어둠, 새에게도 어둠, 멧돼지나 고라니, 토끼에게도 어둠이 놓이는 시간입니다. 우리 모두 열두 시간이 넘도록 어둠의 시간을 보내야 빛을 만나게 될 것입니다.

마련해온 불쏘시개를 잘게 잘라 아궁이에 붉을 지폈습니다. 어렵지 않게 불이 붙었습니다. 조금씩 더 큰 나뭇가지들을 넣어 불을 키우다가 더 큰 덩치의 장작을 올리고 제법 굵은 통나무 한 도막까지 집어넣었습니다. 굴뚝에서 뽑아 올려 만든 연통으로 연기가 점점 더 힘차게 활활 솟아오르기 시작했습니다. 불을 한참 쬐다가 마침내 아궁이의 문을 닫았습니다. 어둠은 깊게 짙어졌지만 그만큼 달빛의 위력도 더욱 강해졌습니다. 별빛도 훨씬 선명합니다. 말 그대로 깊은 고요, 말로 설명할 수 없는 평화로움에 젖어 짙어진 밤 숲의 빛깔과 어둡고 푸른 하늘빛과 별들을 오랫동안 바라보았습니다.

한없이 깊어지는 시간, 참 좋은 시간이 종종 저 어둠과 함께, 서먹하지 않은 외로움과 함께 찾아옵니다. 나무도 그러할 것이란 생각이 문득 스쳤습니다. 나무와 풀은 늘 두 방향으로 자라니까요. 그들은 빛을 향해 하늘로도 자라지만, 어둠을 향해 땅속으로도 자랍니다. 오늘 나는 모든 성장이 그렇게 두 방향이 어우러져 완성을 향해가는 것이 아닐까 생각해봅니다. 어둠을 피해서 이룰 수 있는 성장은 없을 것입니다. 오히려 어둠을 통해 더욱 단단해지고 깊어지는 것! 그것이야말로 틀림없이 성장을 관통하는 하나의 법칙일 것입니다. 그러니 우리 삶에 어두운 시간, 어두운 측면을 만나더라도 절망하는 일은 없어야겠습니다. 그 어두운 시간은 우리가 더 단단해지는 시간, 단단해지기 위한 수련의 계기가 될 테니 말이지요.

내 하찮음과 위대함을
알게 하는 숲

딸은 중학교 시절 공부를 잘한 녀석들만 모인다는 고등학교를 선택해서 입학했습니다. 그렇게 하고 싶다고 할 때 나는 녀석에게 물었습니다. "험난하고 힘들 텐데 꼭 그렇게 해야겠어?" 녀석은 자신이 지향하는 삶을 이야기하더니, 그건 공부로 돌파해야 하는 영역에 존재하는 삶이므로 치열함을 선택하기로 결심했다고 대답했습니다. 자식은 결코 부모의 소유물이 아니므로, 아니 어쩌면 차라리 부모의 몸을 통해 세상에 온, 나와 다른 또 하나의 우주적 존재이므로, 나는 말리지 않았습니다. 대신 그 선택으로 감당해야 할 그림자에 이러저러한 것이 있을 것이니 잘 생각하여 결정하면 애비도 그 선택을 지지하겠노라 말하고 말았습니다.

그 고등학교의 입학생들 대부분은 전교에서 5등 밖의 성적을 받아본 적이 없는 아이들이라고 했습니다. 때문에 입학을 앞두고 보는 첫 시험인 배치고사 성적은 아이들에게 충격이 될 것입니다. 200명이 넘는 신입생 수이니 그만큼의 등수가 있을 테고, 그만큼의 패배감이 저마다에게 있겠지요. 그래서 딸 녀석의 고등학교에서는 공부에서 첫 패배를 경험하게 된 아이들이

한 번도 경험하지 못했던 당혹감을 느끼고 있는 모양입니다.

인생에서 첫 패배감을 느껴본 적이 있지요? 물론 내게도 그런 시간과 경험이 여럿 있었습니다. 성적에서도 있었고, 이성에 대해서도 있었고, 세상에 대한 저항에서도 있었습니다. 연봉이나 사는 집을 비교하는 것에서도 그랬던 경험이 있습니다. 하지만 나는 이제 그런 패배감을 느끼지는 않습니다. 타인과 다투는 삶이 아니라 오직 자신이 살아온 '어제의 삶', 즉 자신의 '낡은 삶'과 경쟁하는 것이 훌륭한 삶이라 가르쳐주신 스승님 덕이었습니다. 그리고 그 사실을 가르쳐준 또 다른 스승이 있습니다. 승리나 패배 따위의 기준에 더는 흔들리지 않는 삶을 살게 해준 존재, 바로 '숲'입니다.

숲은 무엇보다 먼저 나 자신이 얼마나 하찮은 존재인지를 알아채게 했습니다. 숲은 내게 '만물의 영장'이 곧 인간이라는 신념이 얼마나 오만하고 오류투성이인 것인지 알게 했습니다. 삶과 죽음에서 우리가 얼마나 약한 존재인지 알게 했습니다. 태어나는 여건을 선택할 수 없는 풀이나 나무의 삶처럼 우리의 삶도 '주어지는' 것입니다. 목숨은 희망하여 얻는 것이 아니라 주어지는 것, 그러니 태어나는 것에서부터 모든 생명은 나약합니다. 누군가 무심코 디딘 한 발자국의 걸음 밑에 깔려 목숨을 잃은 개미나 지렁이처럼 한순간 떠날 수 있는 것이 삶이고, 천수를 다하고 떠나는 고목처럼 떠날 수도 있는 것이 삶이겠으나, 내 힘으로 개입할 수는 없는 것이 '숨'이므로 생사 앞에서 나는 참 작은 존재임을 알게 되었습니다. 이것이 숲이 일러준 첫 번째 가르침이었습니다.

동시에 숲은 내가 얼마나 위대한 존재인지도 알게 했습니다. 튤립나무의 눈에서 새싹이 터져 나오는 광경, 쌓인 눈 속에서 움을 틔우는 산마늘이나 처녀치마의 모습, 완벽한 공 모양으로 집을 지어내는 각종 새들의 놀라운 역량……. 그것들을 보면서 저 위대한 창조의 힘이 내게도 담겨 있겠구나 느끼고 확신했습니다. 또한 숲생태학과 자연주의 사상, 그리고 깊은 체험을 통해서는 숲에 사는 어떠한 생명, 심지어 돌멩이 하나, 짐승의 똥덩어리 하나조차도 그냥 존재하는 것이 없다는 것을 알게 되었습니다. 촘촘하고 복잡한 생태계의 그물망 속에서는 제 역할 없는 것이 없으니 모두가 귀하고 소중한 존재입니다. 그러니 '나'라는 존재 역시 다르지 않을 것이라는 신뢰가 차오르는 경험 역시 당연했습니다. 풀 한 포기의 위대함을 깨치자 내게 담긴 위대함을 느꼈고, 벌레 한 마리의 존귀함을 알게 되자 내 존재의 존귀함을 알게 된 것입니다.

사람은 살면서 누구나 패배를 경험합니다. 나의 딸 역시 삶에서 크고 작은 패배를 경험하겠지요. 그때마다 내가 아팠던 것처럼 녀석도 아플 것입니다. 하지만 그 경험들을 소중하게 대하고 다루면 이기는 삶과 지는 삶의 구분이 어리석다는 것을 알게 될 것입니다. 녀석이 그 경지에 이르는 날이 너무 멀지 않기를 기원합니다. 사람은 누구나 사소한 존재이며 동시에 위대한 존재라는 사실을 알아내기를. 삶을 오직 세속의 기준에 묶고 사는 사람은 이 말의 뜻을 알지 못할 것입니다. 그러나 숲을 통해 삶의 기준을 더 크고 높은 지경으로 확장하는 사람이라면, 자신이 사소한 존재라는 자각을 통해 참다운 겸손을 배우고, 자신이 위대한 존재라는 자각을 얻어 창조하는 삶과 숭고한 삶을 향한 열정을 멈추지 못할 것입니다.

삶의 비밀을 가르치는
숲

여섯 명의 사람이 하나의 숲 공간을 걷고 있습니다. 각자 그 숲에서 마주한 대상을 놓고 한마디씩 말을 토합니다. "와, 예쁘다." 어느 여성이 내뱉은 말입니다. 옆에 있는 그의 남자 친구가 관심을 보입니다. "그 풀은 이름이 뭘까?" 중년 여성도 관심을 보입니다. "그거 나물로 먹을 수 있는 풀인가?" 중년 남성이 자세히 살펴보며 한마디 합니다. "이거 먹으면 어디에 좋대?" 은퇴 시기가 많이 남아 있지 않은 듯 보이는 직장인이 전혀 다른 말 한마디를 덧붙입니다. "이걸 떼로 재배하면 돈 좀 되려나?" 마지막 한 사람은 그들의 대화 내용과 전혀 상관없는 말을 내뱉으며 감탄하고 있습니다. "우와, 상쾌하다! 숲에 오길 잘했어! 세포가 다 반응하는 느낌이야. 역시 숲은 피톤치드가 많은 공간이라 우리 몸에 좋아!" 이 가상의 대화에는 오늘날 사람들이 숲을 바라보는 시선이 모두 담겨 있습니다.

숲을 전문적으로 공부하는 사람들은 조금 더 전문적인 영역에 관심을 둡니다. 그들 중에는 식물이나 동물의 이름이 무엇인지, 관련된 생리·병리적 특징 따위는 무엇이 있는지를 주로 알려고 하는 사람들이 많습니다. 숲 생명체들에 대해 지식을 중심에 두고 접근하는 부류입니다. 일반인들은 보다 현실적인 욕구가 강합니다. 관상이나 식용, 혹은 약용적 가치를 중심에 두는 편이지요. 모두의 공통점은 숲에서 마주하는 생명체들을 지식의 대상 혹은 자원의 대상으로 보고 있다는 점입니다.

인간이 숲을 바라보는 시선은 시대마다 변화해왔습니다. 인간에게 숲은 본래는 어마어마한 경외의 대상이었습니다. 인간과는 감히 견줄 수 없는 큰 존재였던 것이지요. 주로 두려움의 대상이었고, 생의 의지처였으며 깨달음을 계시하는 곳이요, 기도할 대상이었습니다. 하지만 근대적 시공간을 통과하면서부터 숲은 오직 자원으로서의 대상으로 전락하고 말았습니다. 계몽시대와 과학을 만나면서 숲은 인간보다 확연히 작은 존재가 되어버렸습니다. 두려움과 고마움의 대상으로서의 숲, 영성과 구복의 대상으로서의 숲, 성찰과 자기 발견의 가치가 흐르는 '자연 학교'로서의 숲은 차츰 흐릿해졌습니다. 물론 최근 들어 숲을 치유와 휴양, 체험 학습의 대상 등으로 바라보고 활용하려는 흐름이 생겨나고 빠르게 확산되고는 있습니다. 나는 이런 최근의 현상이 숲을 단순히 자원으로 여기는 수준을 넘어, 인간의 정신적 수준과 결합해가는 관점이 다시 생겨나고 있는 과정이라 봅니다. 하지만 본질적으로는 이러한 관점 역시 숲을 여전히 인간을 위한 자원의 수준으로 인식하는 데 머물고 있습니다.

물론 고도 문명과 문화를 이룬 인간이 지구 생명체 중에서 아주 독특한 생명집단이라는 점에는 이견이 없습니다. 또 인간은

거대 소비자로서 상대적으로 다양한 자원에 의존하여 살도록 설계되었거나 진화된 생명체라는 점에도 동의합니다. 하지만 인간 외의 타자, 즉 다른 생명 존재들과 물질, 에너지 등을 인간을 위한 자원으로 여겨온 인간중심적인 관점은 많이 부실하고 위험하며 극복되어야 할 것입니다. 왜냐하면 미래세대와 함께 나누어야 할 지구의 자원이 급속히 고갈되어가고, 지구 생태계를 이루고 있는 생물 종들이 수도 없이 사라지고 있기 때문입니다. 이는 결과적으로 사막화와 온난화 등 전 지구적 위기가 가속화되고 심화되는 현상을 낳고 있습니다. 근대 이성은 인간 외의 타자와 인간을 둘로 나누고 그중 인간이 더 우월적 지위를 가졌다는 시선과 행동을 갖게 했습니다. 지금의 위기는 그 시선에 뿌리를 두고 있습니다.

자연을 삶의 스승으로 삼는 사람에게 숲은 헤아릴 수 없이 깊고 넓은 '학교'입니다. 나의 경우 숲을 공부하며 '내가 왜 태어났는가'라는, 청소년 시절부터 품어왔던 오래된 의문에 대한 해답을 가장 먼저 터득할 수 있었습니다. 바위를 뚫고 자라는 소나무 한 그루, 그 비밀이 알고 싶었던 나의 관심은 개울가의 풀과 나무, 심지어 하수구와 수채를 터전으로 태어나는 생명들의 삶으로 이끌려갔습니다. 이 과정에서 책으로는 도저히 도달할 수 없었던, 삶의 본질과 관련한 지점들을 깊게 만나고 알아챌 수 있었습니다.

불완전성을 숙명으로 안고 태어나는 모든 생명의 삶은 이내 자기 극복의 과정을 마주하게 된다는 것을 풀 한 포기, 거미 한 마리에게서 느끼고 배웠습니다. 내가 쓰는 '삶은 자기 극복의 과정이다'라는 한 문장은 단순한 학습의 결과로 찾아낸 선언이 아닙니다. 그것은 깊은 체험을 통해 얻은 문장입니다. 모든 생명의 삶이 또한 홀로이면서 홀로일 수 없다는 것, 현재이면서 동시에 현재일 수만은 없다는 것, 잔치이면서 한편 분투일 수밖에 없다는 것, 빛이면서 역으로 그림자일 수밖에 없다는 것, 창조이면서 파괴이고 결집이면서 해체일 수밖에 없다는 것, '나'이면서 내가 아닌 지점이 있다는 것……. 이 모든 지경들을 숲에 대한 지식보다는 깊은 체험으로 만나게 되었습니다. 깊은 체험이 얼마나 힘이 센지는 체험해본 사람만이 알 것입니다.

숲을 자원이나 과학의 대상으로 삼는 태도를 넘어 나와 대등한 생명들의 향연으로 마주하면, 숲은 수없이 많은 삶의 비밀을 가르쳐주는 시공간이 됩니다. 그대도 숲을 통해 그 비밀을 만날 수 있는 눈, 꼭 얻기 바랍니다. 그 눈은 그대의 삶을 더욱 넓어지고 깊어지게 하는 눈이니까요. 그 눈이 어떤 눈인가 한 문장으로 말하라면 나는 "저 생명도 나와 다르지 않은 존재이구나" 하고 바라볼 수 있는 눈, 즉 머리에 붙어 있는 눈이 아니라 가슴에 붙어 있는 눈, 즉 마음의 눈이라고 말하겠습니다. 마음의 눈으로 숲을 보는 이, 마침내 삶의 비밀을 가르쳐주는 위대한 숲을 만나게 될 것입니다.

다시 시작하고 싶을 때
준거로 삼아야 할 한 가지

경칩은 고사하고 입춘이 사흘이나 남은 그날 이 숲에서는 이미 개구리가 울었습니다. 그날 저녁 어둠 내리는 숲 실개천에 그들의 떼울음이 들려오기 시작하더니 이내 묵색으로 바뀐 숲은 그 울음소리로 가득 찼습니다. 생각했습니다. 보름쯤 따스했던 날씨가 저들을 서둘러 깨웠나보구나. 뒤이어 염려했습니다. 이내 모진 추위 있을 텐데 저놈들 다 어쩌나? 결국 그 염려가 현실이 되었습니다. 봄이 선다는 입춘에 때 이르게 찾아온 따사로움은 사라지고 다시 얼음이 얼고 땅은 꽁꽁 얼어붙었습니다. 서울에서 '살롱9' 강좌를 마치고 돌아온 밤 이후로 여태 개구리 소리는 다시 들리지 않고 있습니다.

그날 밤 나는 쉬이 잠들지 못했습니다. 개구리들이 일으킨 착각과 그 결과로 빚어진 실수가 마치 내가 저지르는 삶 속의 소소한 혹은 큰 실수의 기억들과 뒤섞이며 각성으로 일어선 탓이었습니다. 내가 일으키는 도모와 모색과 삶의 진행을 저 멀리서 듣고 보는 어떤 불가해한 존재가 있다면 그분은 내가 개구리를 염려하듯 나를 걱정하실까요? 나는 그러리라 믿습니다.

이따금 내 안에서 스스로에게 자꾸 말을 걸어오는 때가 있습니다. 누가 시키는 것은 아닐 텐데, 어떤 욕망이나 두려움에 휩싸여 있을 때는 들리지 않던 그 소리가 불현듯 들려옵니다. 내가 관성적으로 내딛는 발걸음을 멈추게 하고 다시 살피게 하는 그 소리들이 들려옵니다. 많은 이들이 그것을 '내면의 소리'라고 부르는 모양입니다.

숲으로 들어온 뒤 나는 나를 위해 살지만 또한 이웃과 세상에 기여하며 살겠노라 밖을 향해 몇 가지를 도모해왔습니다. 대부분은 순풍을 만나 제 길을 걷는 느낌이지만, 어떤 도모는 꼬박 일 년 넘게 내 마음을 무겁게 하고 있습니다. 어떤 날은 불면하고 이따금은 노엽고 때로는 선의를 짓밟힌 느낌이 들어 미운 마음조차 일어서는 날이 생겨 괴로웠습니다. 그럴 때마다 다른 한편에서는 예의 내면의 소리가 들려왔습니다. '무엇 때문에 노여운가? 무엇을 기대했기에 서운하고 미운 마음까지 드는가?' 그 소리는 그렇게 나의 진행을 멈추어 살피게 했습니다. 그리고 반복되는 성찰이 희미하지만 어떤 해답을 보여주었습니다. '이웃과 세상이 내게 무엇을 원했던가? 그것이 진정 이웃이 원하던 그림인가? 혹시 나 스스로가 아름답다고 믿어온 그림은 아니었던가?'

　여러 차례 멈추어 살피고 내면의 목소리에 귀 기울이고 이야기를 나누며 나는 본래로 돌아가 다시 시작할 기운을 차리게 되었습니다. 새로 방향을 정할 수 있게 되었고 그를 위해 허물어낼 부분을 알아채게 되었습니다.

살아 있는 모든 존재에게는 다시 시작해야 할 때가 있습니다. 큰 바람에 가지를 꺾인 나무가 그렇고 발에 밟힌 풀꽃이 그러하며 삽날에 허리를 잘린 지렁이가 그렇습니다. 다시 시작해야 할 때 모든 출발점은 좌초됐던 지점입니다. 잘못 꿴 단추를 풀어 다시 꿰는 것과 같은 이치입니다. 지금 다시 침묵 속으로 들어간 저 개구리들이야 시간에 대한 인식의 오류를 겪었다지만, 사람들에게 있어 좌초의 원인은 밖이 아닌 경우가 많습니다. 나는 이제 그것이 대부분 제 과욕이거나 지나친 두려움에서 시작되고 있음을 봅니다. 그래서 다시 시작하는 출발점은 모두 좌초된 지점일지라도 그 준거점은 바로 멈추어 살피는 것이요, 내면의 깊은 소리를 맑게 듣는 것임을 압니다.

그나저나 개구리들은 지금 어쩌고 있는 걸까요? 아마도 동면을 다시 받아들이고 있을 테지요. 개구리들은 기다림을 배웠을 것입니다. 개구리는 다시 시작하기 위한 준거를 다시 시작될 해빙의 시점으로 삼겠지요. 우리에게는 입춘대길을! 개구리에게는 경칩대길을!

"
다시 시작해야 할 때
모든 출발점은 좌초됐던
지점입니다. 잘못 꿴 단추를
풀어 다시 꿰는 것과 같은
이치입니다.
"

"내 길이 어떤 길인지
어떻게 아느냐고 묻는 그에게"

별일 없으면 내년이나 그 이듬해쯤 10년간 숲과 인간을 연구해온 성과를 자못 진지한 책으로 펴내려는 계획이 있습니다. 벌써 4~5년 전에 쉰 살이 되면 펴내리라 세운 계획인데 게으른 성품 탓에 올해는 이 책을 우선하고, 다른 책은 새로운 해를 기약하는 중입니다. 새로 계획 중인 책에는 사계절 식물의 모습을 충분히 담아볼 작정입니다. 그래서 연초부터 나는 부지런히 카메라를 둘러메고 숲과 식물원을 누비는 중입니다.

얼마 전 눈 속에서 피는 '얼음새꽃' 사진을 담기 위해서 눈이 오기를 기다려 식물원 여행을 떠났습니다. 눈은 제대로 왔고 안성 부근 식물원의 지인으로부터 꽃 소식도 받아뒀는데, 마침 지방 강연으로 오전 일정을 보내야 하는 날이었습니다. 강연장에서 부지런히 출발해 해가 떨어지기 전에 안성 부근의 식물원에 도착한 것이 오후 3시 반, 나는 그곳 식물원에 10년 동안 근무한 지인을 반갑게 만났습니다. 짧은 인사를 나눈 우리는 해가 산 그림자를 만들면 사라지기 시작할 저 빛이 남아 있는 동안에 어서 식물원을 둘러보자며 걸음을 재촉했습니다.

활짝 피어난 샛노란 빛깔의 '얼음새꽃'을 신이 나서 연신 카메라에 담고, 농악, 상모의 끈처럼 말리며 피어나는 모양이라고 이름 붙은 꽃 '풍년화'도 밀착해서 담았습니다. 아직 만개는 드물었지만 터질 듯 부푼 '납매' 곁에서 그 아슬아슬한 모습을 담다가 은은한 납매 향에 한참을 머물기도 했습니다. 음지쪽 습한 자리, 제 몸의 온도로 덮인 눈을 녹이며 둥근 머리를 쳐들고 막 터질 태세를 갖춘 '왕머위' 장면을 담으면서 감격했고, 반 음지의 눈 덮인 사면에서 자신의 온도로 눈을 녹이면서 피어나고 있는 '앉은부채'에게도 긴 눈길을 주었습니다.

어느새 빛은 줄었고 우리는 서둘러 식물원의 출구로 향했습니다. 순간 구상나무 푸른 잎을 달고 있는 공간, 긴 가지 어둑한 자리에서 산비둘기 한 쌍이 나란히 앉아 있는 것을 보았습니다. 그 새들로부터 들려오는 소리는 없었으나 그들의 모습에서 어느 부부가 사랑하며 밤을 맞는 침실이 느껴지는 듯, 다정하게 나누는 수다가 들리는 듯했습니다. 살금살금 뒷모습을 도둑질해서 그 장면을 카메라로 옮겨 담았습니다. 뷰파인더로 확대되어 들어오는 모습이 얼마나 쓸쓸하면서도 안심이 되는지 이런 생각이 들었습니다. '아, 새들은 저렇게 밤을 맞는구나. 저곳에서 서로를 의지하며 차가워지는 바람을 피하겠구나. 그렇게 별을 보면서 잠들겠구나. 쓸쓸한 것이 삶이라지만 그 쓸쓸함을 함께 나눌 이가 있어서 또한 건널 만한 것이겠구나.'

우리는 저녁을 먹으러 갔습니다. 밀린 이야기를 나누다가 이런 이야기를 들었습니다. "더 자유롭고 싶어서 서울을 떠나와 10년을 보낸 식물원을 그만두었습니다. 그림을 그리고 글씨를 쓰면서 살고 있습니다. 나쁘지 않습니다. 하지만 더 확고한 내 길로 나가고 싶습니다. 이렇게 다시 삶을 전환하기 위해 나는 변화경영연구소를 오래도록 기웃거렸습니다. 전환을 꿈꾸는 이들에게 회자되는 몇 권의 책도 보았습니다. 하지만 나는 잘 모르겠습니다. 책이 제시하고 있는 이런저런 도구와 방법들을 통해 나의 길은 어떤 길이 좋을까를 탐험했지만, 알 수가 없었습니다. 어떻게 하면 자신의 길을 알 수 있을까요?" 내가 참 많이도 받는 질문 중에 하나인 그 질문을 그날 그이도 하고 있었습니다.

내가 되물었습니다. "결혼해서 살고 있는 부인과는 어떻게 결혼했습니까? 저 여인이 내 여자라는 확신이 단박에 들었습니까? 아니면 그 이전에 마음을 주었던 숱한 여인들에게 차이고 아파한 세월 뒤에 만나 결혼하게 되었습니까?" 내가 말을 이었습니다. "새로운 길, 진짜 나의 길인 새로운 길을 찾는 방법에 대해 나는 요즘 사람들의 주장과 다른 생각을 가진 사람입니다. 도구와 방법이 먼저가 아니라고 생각하는 사람입니다. 이러저러한 도구를 써서 나를 규명해보고, 이런저런 방법론을 적용해 나를 실험해보는 것이 먼저가 아니라는 것이지요. 오히려 그건 누군가와 연애를 하듯 시작되는 것이 정상적인 것이라는 생각입니다. 누군가를 사랑하고 그와 함께 산다는 것처럼 중차대한 일대사(一大事)가 흔하지 않습니다. 그런 일대사를 두고 우리는 어떻게 하던가요? 도구와 방법론을 가지고 상대와 나를 분석하는 것이 먼저 일어나던가요? 아니지요. 그냥 끌리는 겁니다. 먼저 끌려서 요샛말로 '썸'을 타기 시작하는 겁니다. 끌리고 나면 우리는 자연스레 작업에 들어가게 됩니다. 누가 시켜서가 아니라 온전히 자발적으로 그이와 더 깊어지기 위한 작업을 자신만의 창조성을 터트려가며 진행하게 됩니다."

잠시 물로 목을 축인 뒤 말을 이었습니다. "자신의 길을 찾아나서는 것이 연애, 그것과 같으냐고요? 나는 같다고 주장하는 사람입니다. 그런데 왜 사람들이 길을 찾기 위한 도구와 방법에 집착하느냐고요? 그건 아마도 아플까 두려워서일 겁니다. 새로 떠난 길 위에서 엎어지거나 길을 잃을 경우 감당해야 할 아픔이 너무 두렵게 느껴져서일 겁니다. 하지만 원래 아픈 것이지요. 사랑하면 설레고, 또한 사랑하면 아픈 것! 그게 사랑의 본질이잖아요. 그게 두려워 사랑을 거부하는 것은 부자연한 거잖아요. 인생 역시 그런 것 아닐까요? 살아 있음은 눈부신 것이지만 동시에 외롭고 쓸쓸한 것이잖아요? 새로운 길이요? 그 역시 그렇지요. 설레고 아프고……. 그러니 연애하고 싶게 한 그 마음의 결을 따르면 됩니다. 마음이 시키는 대로 시작하는 겁니다. 아픔? 두려워할 일이 아닙니다. 누군가를, 무엇인가를 사랑한다는 것은 또한 아픈 것이니까요."

밥을 먹고 나오니 밖은 이미 어두웠습니다. 우리는 악수를 나누고 헤어졌습니다. 이제 이 책을 덮는 것으로 당신과도 악수를 나누며 헤어집니다. 열망을 따라, 끌리는 대로 살다가 언제고 우리 다시 만나는 날 있기 바랍니다. 그날까지 더 기쁜 날 많기를 바랍니다.

당신이 숲으로 와준다면

ⓒ 김용규 2016

초판 1쇄 발행	2016년 4월 5일
초판 2쇄 발행	2024년 2월 5일
지은이	김용규
펴낸이	정상준
편집	이민정 김민채 황유정
디자인	김기연
사진	안웅철
관리	김정숙
펴낸곳	그책
출판등록	2008년 7월 2일 제322-22008-000143호
주소	서울시 마포구 동교로13길 34 (04003)
전화번호	02-333-3705
팩스	02-333-3745
	facebook.com/thatbook.kr
	facebook.com/openhouse.kr

ISBN 978-89-94040-85-1 03810

그책은 (주)오픈하우스의 문학·예술 브랜드입니다.

이 도서의 국립중앙도서관 출판예정도서목록(CIP)은 서지정보유통지원시스템 홈페이지
(http://seoji.nl.go.kr)와 국가자료공동목록시스템(http://www.nl.go.kr/kolisnet)에서
이용하실 수 있습니다. (CIP제어번호: CIP2016007030)